La Grenade

Emmanuelle Hutin

La Grenade

Stock

Photographie de couverture : Régine Lautens

ISBN : 978-2-2340-9051-4

À Solal et Helena,
Mes amours et guides

Mieux vaut suivre sa propre voie-Svadharma, même imparfaite, que la loi d'autrui, même bien appliquée.

Krishna Bhagavad Gita

La vie non vécue est une maladie
dont on peut mourir.
Carl Gustav Jung

Avoir vingt-trois ans et vouloir un enfant, le vouloir vite, tout de suite, sans attendre trente ans comme toutes les femmes de son milieu. Le vouloir sans aucun désir d'originalité, le vouloir par envie de conformisme. Elle essaie autant qu'elle peut de se couler dans cette vie qu'elle a choisie, ou du moins qui s'est présentée naturellement à elle. Suivre un modèle revient-il à faire un choix ? Peu importe, elle se concentre sur sa tâche : devenir adulte. Elle fait de son mieux, elle a toujours fait de son mieux. Dernière de la famille, elle avait hâte de quitter l'appartement familial. Pourtant, elle adore ses parents, entrepreneurs des années 1980, une mère Barbara

Gould, un père Homme Moderne. Mais la télévision prenait trop de place, pas dans la vie de ses parents, mais dans la sienne. Elle chassait l'ennui tout en l'invitant par une passivité totale. Émissions, films, séries, documentaires animaliers engloutissaient ses journées, remplissant leur vide de la vie des autres. Elle attendait que vienne son tour, consciente qu'une vie l'attendait quelque part de l'autre côté de l'écran, de l'autre côté des baies vitrées du salon familial, de l'autre côté du périphérique. La fin de ses études et son premier job avaient donné le départ, elle s'était empressée d'emménager chez son petit ami dont les dix ans de plus assuraient un certain confort matériel.

Premier jour dans son appartement parisien, elle range les quelques vêtements qui l'ont suivie, elle n'a rien emmené d'autre, ni photos, ni livres. Elle a tout à créer. Elle ouvre grand les fenêtres et reçoit avec plaisir le bruit de la ville, le bruit de la vie ; les éclats de voix, les cris des enfants, les aboiements, les klaxons composent pour elle la mélodie du bonheur. Le vacarme lui prouve qu'elle est vivante, quelque chose dehors se manifeste, comme une invitation à s'exprimer. Assise sur le rebord du petit balcon en fer forgé, elle ouvre cérémonieusement un joli carnet au liseré doré sur la couverture en cuir vert amande, acheté il y a un moment déjà en prévision de ce jour où elle commencerait à vivre. Avec sa méthodologie de bonne élève, la célébration de sa nouvelle vie commence par un plan. Le titre la fait hésiter, « *wishlist* » ou « *to do list* » ? Finalement, elle n'en met aucun et se concentre sur l'enchaînement des tirets :

– avoir un travail intéressant ;
– faire un voyage par an à l'étranger ;
– courir une fois par semaine ;
– dormir dans des draps en lin ;
– avoir deux ou trois enfants ;
– prendre le temps de s'occuper des enfants le soir ;
– évoluer dans son job tous les deux/trois ans ;
– continuer à faire de son mieux ;
– emmener les enfants au musée ;
– avoir une maison de campagne vers trente ans ;
– partir à la campagne une fois par mois ;
– apprendre le ski aux enfants ;
– avoir des moments en amoureux.

Sa liste ressemble à s'y méprendre à la vie de ses parents, mais elle se rassure, quelques lignes l'en distinguent. Ses parents n'ont jamais dormi dans des draps en lin. Enfin… elle ne croit pas. Puis elle range son futur dans la table de nuit, avec la satisfaction d'avoir accompli une chose importante. Elle se revoit sur le trajet de l'école maternelle, coincée entre son frère et sa sœur, dans l'odeur de cuir neuf de la voiture de leur père, qui leur faisait répéter sur un rythme militaire l'hymne d'une vie réussie :

> « On est plein de vo-lon-té.
> On va a-tta-quer toute la jour-née.
> A-vant de par-ler, il faut pen-ser.
> A-vant d'a-gir, il faut réfléchir ! »

Ce souvenir la fait sourire, ses parents l'ont vraiment bien managée. Elle était fière de parler d'eux lors de son entretien d'embauche pour une belle maison de luxe, du goût du travail, du sens du service et des responsabilités qu'ils lui avaient transmis. D'elle, elle avait seulement répété la conclusion de ses précédents maîtres de stage : une grande capacité d'adaptation. Elle avait préparé la question classique sur ses trois principaux défauts et qualités, mais les réponses lui semblaient assez creuses. Elle avait pu justifier son envie de travailler dans le luxe, certaine de son manque d'originalité. Comme la moitié des filles de sa promotion, elle rêve de cette industrie. Elle ne sait pas comment expliquer à quel point la recherche de perfection inhérente à cet univers résonne profondément en elle. Les signes extérieurs de richesse ne l'intéressent pas, elle n'est fascinée que par la maîtrise totale des apparences qu'offre le prêt-à-porter haut de gamme, élevant le beau et la perfection en art de vivre.

Ils inaugurent leur vie à deux par un premier dîner où ils reçoivent comme des grands. Son petit ami cuisine mieux, mais elle s'est mis en tête de préparer une recette de sa mère, un filet mignon de veau à l'estragon. Elle sue comme les oignons qui noircissent trop vite. Elle les noie alors de litres de crème avant d'y plonger la viande qui cuit comme elle peut dans le liquide blanchâtre où flottent quelques radeaux noirs. Au dernier moment, elle pense à y jeter tout l'estragon acheté, qui viendra se coincer dans les dents aussi sûrement que la viande filandreuse, puis apporte le tout dans la grande cocotte rouge orangé dont elle a pris la couleur.

Peu lui importe d'avoir passé l'intégralité du dîner dans leur petite cuisine, cela lui suffit de les entendre parler. Elle participe rarement aux discussions de ces trentenaires qui connaissent tellement plus de choses qu'elle. Elle les écoute religieusement, enchaîne les verres de vin jusqu'à ce que son alcoolémie démasque sa lucidité et qu'elle coupe l'exposé politique de l'un des invités par un : « C'est pas avec ton père qu'on veut dîner ! » Comme d'habitude, elle l'a dit d'une petite voix, l'articulation des mots et un brin d'agressivité avalés avec le vin rouge. Seul son petit ami à côté d'elle l'a entendue, il voudrait qu'elle le répète et que tous l'entendent. Puisqu'elle refuse d'un hochement de tête, c'est lui qui balance la phrase avec l'assurance et la légèreté qu'elle n'a pas. Devant les éclats de rire de la tablée, soulagée de pouvoir interrompre le monologue du jeune vieux, il ajoute avec un regard attendri et bienveillant vers elle : « Ce n'est pas de moi. ».

Elle a l'habitude de ne pas être écoutée, ou plutôt pas entendue. Ses mots ne touchent aucune oreille, comme s'ils n'avaient jamais dépassé sa bouche, comme si sa voix n'existait pas. Le son ne se propage pas dans le vide, peut-être qu'en effet, elle n'en émet aucun. Elle ne s'en formalise pas, le constate simplement avec un mélange de désabusement et d'agacement. En famille, entre copines, en cours, dans les réunions, ses phrases se perdent et se confondent avec le bruit de fond. Par peur d'ennuyer les autres, elle ne parle jamais d'elle, se livre le moins possible, sans comprendre pourquoi les discussions en sont d'autant écourtées. Pourtant, à faire parler les autres d'eux-mêmes, elle est certaine de les intéresser. Elle ne voit pas que sa crainte de les faire goûter à son ennui passe pour un manque de générosité et d'ouverture.

À leur première rencontre, il n'avait pas écourté leur discussion, il aimait bien parler, elle aimait bien se taire, ils s'étaient trouvés. Il venait d'avoir trente ans, avait fait une grande école de commerce, vécu à New York, monté sa boîte, divorcé. Il lisait des livres de philosophie, suivait une psychanalyse. Il était brillant, touchant dans son mélange de confiance et de vulnérabilité, fascinant d'avoir vécu un million de fois plus qu'elle. Elle avait plongé la tête la première dans cette vie par procuration, sauté à pieds joints dans cet accélérateur de maturité. Elle avait tout absorbé de lui, sa vision du monde, ses amis, son rythme, ses passions. Il aimait la profondeur de son regard quand elle l'écoutait, les phrases lapidaires qui brisaient son silence d'un humour cynique et son intérêt pour ses questionnements sans fin. Être aimée par un homme mûr, intelligent, en pleine réflexion sur le sens de sa vie la rassurait sur sa valeur.

Pourquoi marche-t-elle en chaussures de ski entre le métro et l'appartement de ses parents ? Un reste d'alcool de la veille dans le sang ou bien ses escarpins aux talons de huit centimètres qu'elle abat sur le sol l'un après l'autre, sans parvenir à dérouler le pied normalement, rendent le trajet encore plus pénible que d'habitude. Cela ne fait pas si longtemps qu'elle porte des talons hauts, le prestige de l'uniforme, qu'elle a voulu garder pour ses parents, compense la fébrilité de sa démarche. Ses pas mal assurés résonnent dans les rues vides et déjà sombres en fin de journée. Par habitude, elle se regarde dans les vitrines des quelques magasins qui s'égrènent autour du métro avant que le quartier ne devienne complètement résidentiel. Elle s'observe pour s'assurer que le reflet concorde avec l'image désirée. La tenue de son brushing la rassure. « Bien lisse, s'il vous plaît », elle avait insisté plusieurs fois auprès du coiffeur de peur que les passages de la brosse rouleau ne suffisent pas à discipliner ses boucles. « On dirait un petit chien mouillé » lui avait-il répondu avec l'air désespéré de celui qui s'apprête à affronter une tâche impossible. Elle n'avait plus dit un mot, accentuant malgré elle la moue boudeuse de sa bouche, se demandant ce qu'elle avait fait pour mériter une comparaison aussi humiliante. Elle avait compté sur son uniforme et le prestige de son employeur pour lui conférer la prestance qui compenserait son charisme de petite fille entrant dans un salon de coiffure pour dames. Pour parfaire le rôle et de peur que sa jeunesse jaillisse d'un sourire, elle avait pris sa voix grave et son visage sérieux. Réserve et gravité dissimulaient son manque d'assurance, mais encore une fois, sa timidité avait dû donner à sa voix un ton cassant.

Elle laisse derrière elle les magasins et leurs miroirs aux alouettes pour s'engager dans les rues désertes. Dans cette banlieue de l'Ouest parisien, la vie se déroule derrière les portes blindées ou à l'intérieur des habitacles hermétiques de 4 × 4 citadins. Dans la rue, jamais aucune vie, à se demander quand ils promènent leurs labradors et leurs yorkshires. Ce vide et ce silence la font frissonner, bien qu'elle les connaisse par cœur, ou par corps plutôt, tant les émotions semblent filer ventre à terre et ne laisser place qu'au froid sur sa peau et au poids sur ses épaules. Par réflexe, elle jette un coup d'œil derrière elle avant de traverser le jardin de son immeuble d'enfance. Elle entend presque les mots de sa mère qui ont ponctué toutes les sorties de sa sœur puis les siennes : « Même si tu rentres en taxi, n'importe qui peut se cacher dans le jardin et t'attendre. » Ce n'était ni un argument pour les empêcher de sortir, ni un conseil, plutôt une mise en garde, une menace, un présage. Cette peur contagieuse avait fini par s'insinuer dans tous les aspects de sa vie. Ce quelqu'un qui l'attendait, caché quelque part, avait gagné le parking, le coin de la rue, les couloirs du métro et même l'intérieur du taxi.

Elle passe une première porte à digicode, puis une deuxième à interphone, saisit le code à l'intérieur de l'ascenseur dont elle sent la poussée vers le dernier étage et alors, elle respire à nouveau. Elle n'a jamais parlé de ses peurs à ses parents, dans la famille chacun garde ses états d'âme pour soi et tout le monde va très bien. Elle ne leur dira pas qu'elle reste dormir pour éviter de passer la nuit seule dans l'appartement de son petit ami, parti en déplacement. Elle sait déjà qu'elle prétextera la fatigue après le dîner pour retrouver son lit d'adolescente. Ses parents imagineront sans doute, non sans un certain plaisir, une régression passagère de leur petite dernière en manque du giron familial. Ils ne verront pas ce que lui coûte cette peur de tout, incontrôlable, qu'elle n'a pas listée dans son joli carnet doré et pistache, et qui l'oblige à s'engluer à nouveau dans le vernis sirupeux de cette banlieue parfaite.

Elle ne leur dira jamais à quel point elle déteste cette ville fantôme, mortifère à n'importe quel âge, tuant d'ennui les plus jeunes, vieillissant prématurément les adultes, plongeant dans le formol les personnes âgées. Une vie arrêtée sur le générique du début, dont l'image cache les drames qui se déroulent dans l'intimité. Ses parents ont travaillé comme des acharnés pour pouvoir y vivre, compensant l'absence de patrimoine familial par les journées sans fin et la résistance au stress des patrons de petites et moyennes entreprises. Elle ne veut pas leur briser le cœur ni cracher sur leur réussite, elle préfère prendre le relais et gonfler leur fierté de voir leur fille intégrer une grande marque de luxe. Elle s'est glissée avec aisance dans l'uniforme noir et blanc imposé par son employeur comme dans la peau d'un nouveau personnage, heureuse de passer enfin à l'action. Elle se mêle aux silhouettes épurées qui sillonnent l'atmosphère feutrée de la boutique avenue Montaigne, moquette beige pour étouffer les mouvements, meubles en pierre rare pour glacer la main, lumière naturelle pour créer une ambiance artificielle.

Elle travaille avec bonheur au cœur du beau et de la perfection dont elle est garante. En ayant un poste dit « à responsabilités », elle se doit d'être exemplaire. Elle doit faire appliquer la grande charte qui unifie les comportements, les codifie, de la manière de saluer à celle de tendre le sac au client, créant ainsi une expérience homogène et unique. Être unique, telle est l'ambition de cette belle maison de luxe qui propose les plus beaux produits dans le plus bel environnement avec la plus belle expérience. Au service de cette mission, des rangs majoritairement féminins, des femmes de profils et d'âges variés dont les disparités sont gommées par l'uniforme et la grande charte. Pour satisfaire aux exigences de perfection, la hiérarchie est très structurée, les responsabilités réparties sur plusieurs niveaux, les siennes sont plus étendues que celles du gros des rangs, pourtant, pour la plupart des sujets, elle doit se référer à son supérieur dont elle fera appliquer ensuite la décision, sans la questionner.

Quand un client mécontent demande à voir un responsable, c'est elle qui arrive avec sa bouille de bébé et sa veste un peu trop épaulée. Elle n'interprète pas le regard du client à son arrivée et se convainc de sa capacité à régler le litige. Elle adopte l'âge de ses collègues dont l'ancienneté dans l'entreprise confère un statut hiérarchique équivalent au sien. Leurs vies deviennent la sienne : le brushing hebdomadaire, les réunions de managers, les Tickets restaurant. Et les enfants pour lesquels elle se sent prête, l'âge de son amoureux confirmant le bon timing de cette nouvelle étape qui va de soi. Les déjeuners entre collègues portent principalement sur les progénitures, photos montrées, problèmes de santé partagés, idées de colonies échangées… Plus elles en parlent, plus le déjeuner lui semble long. Mais elle s'y intéresse pour créer du lien et parce que tout cela, c'est sa vie maintenant.

Elle se croit ultra fertile, mais les mois passent et dépassent le créneau idéal qu'elle s'était donné pour l'accouchement. Très vite, elle fait vérifier son fonctionnement interne et celui de son compagnon qui s'avèrent parfaits, ça doit donc être une question de volonté et d'organisation. Ovulations et coïts ne forment plus qu'une seule grande croix sur son agenda. Elle finit en chandelle après chaque rapport pour faciliter le trajet des spermatozoïdes, espérant intérieurement que, dans leur grande glissade verticale, ils ne passent pas trop vite devant l'ovule.

Ils sont deux, penchés sur le petit bout de plastique gorgé d'urine à attendre le résultat du test de grossesse, un avant-goût de la mise à mal du glamour du couple par la maternité. Le résultat est enfin positif, lui est fou de joie et l'embrasse. Elle sourit et s'accroche à lui. Elle est très sérieuse dans sa grossesse. Elle choisit le même obstétricien que sa sœur, successeur de celui de leur mère, et accouchera dans la clinique où elle est née. On lui dit qu'elle couve comme une poule, elle le prend comme un compliment. Elle couve et imagine, telle une poule décérébrée, son avenir heureux : un homme qu'elle aime, le fruit de leur amour, un travail qui l'intéresse. Le bonheur : comment pourrait-il en être autrement ?

Son teint se brouille au fur et à mesure que les mois passent, floutant les contours de son visage déjà épaissi par la prise de poids. Les hormones n'en sont pas les seules responsables. Son identité résiste mal à la vie qui est en train de se former en elle, elle vacille par manque de fond, elle lâche le terrain devant cette autre existence qui s'impose au premier plan, image d'une peau tendue à l'extrême alors que le visage en arrière plan est flou. Elle se trouble et doute de sa stratégie à prendre corps tout en prêtant le sien à un autre être. Le prix pour s'approprier sa vie lui semble lourd à payer face à un résultat devenu incertain. L'incertitude atteint son paroxysme pendant l'accouchement où elle est d'une grande passivité. On ne lui demande rien, on s'affaire sur son corps qui ne lui appartient plus, les jambes immobilisées dans les étriers, les bras bloqués par les perfusions, seule sa tête est capable de se redresser un peu pour plonger à quelques centimètres vers l'horizon de son ventre dans lequel deux bras musclés essaient de s'enfoncer. « Dis-leur que je suis vivante », aurait-elle envie de suggérer à son petit ami, si leurs cris enthousiastes et impératifs ne lui semblaient pas, malgré tout, destinés. Il est sorti, elle n'a rien senti, juste compris que c'était fait, qu'on pouvait la recoudre comme une poupée percée.

À la naissance de son enfant, elle ne devient pas adulte, ni mère d'ailleurs. Elle devient animale. Rien ne l'avait préparée à cela, aucune interview de star dans les magazines féminins n'en parlait. Elle est dévastée par un raz de marée d'amour qui la remplit et la vide de tout le reste. Elle renifle son fils toute la journée, le mange de baisers, le caresse sans cesse, le nourrit d'elle-même. Avant d'accoucher, l'allaitement la dégoûtait, mais à présent l'idée que son fils puisse se nourrir d'elle, sans aucun artifice, juste sa bouche contre son sein, l'exalte. Cette puissance archaïque la galvanise. Elle se sent louve, elle appartient au clan des femelles. Le lendemain de la naissance, il se met à neiger, la nature célèbre l'harmonie de cet événement. Elle découvre l'expression qui consacre les jeunes mamans : « Elle a bien travaillé. » Les visiteurs louent sa réussite. Cet enfant est beau, en bonne santé, dans les normes de poids et de taille. Ils sont nombreux à venir constater son succès, laissant l'unique fauteuil de la pièce au plus vieux d'entre eux, tandis qu'ils s'alignent le long des murs le temps d'une discussion chuchotée sans rythme en hommage au bébé. On l'écoute, elle savoure. Elle est au centre et raconte la gentillesse du personnel médical, l'arrivée trop tardive à la clinique parce qu'après s'être fait rembarrer une première fois au début du travail, elle n'avait plus osé les déranger, le calme de son fils et… c'est à peu près tout. Le sujet vite épuisé, les conversations s'enchaînent comme dans un café, on finit par s'asseoir sur son lit, par rire fort, peu soucieux du bébé qui tressaille dans son bocal, par ne plus s'adresser à elle, transparente pendant cet événement mondain à l'origine duquel elle est pourtant. On ne l'écoute déjà plus, sa venue au monde aura été bien éphémère.

Elle vit les premiers mois en osmose parfaite avec son bébé, heureuse de l'existence de cet être qu'elle captive. Elle apprivoise la puissance de l'amour maternel ; elle s'occupe de son fils toute la journée, toute la nuit. Quand elle s'en éloigne, elle se sent amputée d'une partie d'elle-même. Encore bouleversée par son passage initiatique, elle se passionne pour les discours naturalistes sur la maternité. L'écharpe pour bébé, petit mammifère qu'il faut absolument porter dans les premiers mois de sa vie comme en Afrique ; le massage à l'huile de sésame comme en Inde ; la peau de mouton, hiver comme été, inspirée des pays nordiques… Elle remplacerait presque les couches par les pantalons chinois ouverts à l'entrejambe, si son habitude du confort matériel ne mettait pas un veto à une logistique répugnante. Elle trouve dans ce retour à la nature une forme d'absolu qui la rassure et comble le gouffre d'incertitudes et de questionnements qui s'est ouvert depuis qu'elle est maman. À la maternité, les autres mères autour d'elle, les magazines et les livres, ils lui ont tous affirmé qu'allaiter était le meilleur à offrir à son enfant, elle se range à ce consensus et crispe ses doigts dans la couche de son bébé pour taire les cris de douleur que donner le sein lui arrache. La douleur et le sacrifice sont les corollaires de la maternité, soit. De toute façon, elle a abandonné son corps sur la table de travail, ils en ont fait ce qu'ils voulaient. Abandonner ses seins à son enfant en est la continuité naturelle. Elle ne peut y renoncer. Cela ne lui traverse même pas l'esprit. Les femmes de sa famille ont réussi leur allaitement, il n'est pas question qu'elle sous-performe.

Elle suit à la lettre le mode d'emploi formé par les directives de ces différentes voix. Sa sœur lui conseille de le coucher sur le côté pour ne pas qu'il ait l'arrière du crâne aplati, c'est important un beau crâne pour un homme, surtout s'il devient chauve, elle n'y avait pas pensé. Régulièrement, elle le tourne d'un côté puis de l'autre, comme un petit steak pour parfaire une cuisson homogène. La première visite chez le pédiatre lui gonfle le buste de fierté, si tant est que sa poitrine gorgée de lait jusqu'à explosion puisse encore prendre du volume. Elle a la tête haute. « C'est un beau bébé qui a bien grossi et qui est bien éveillé. » Elle se sentirait l'employée du mois. Mais vis-à-vis de qui a-t-elle bien fait son travail ? Qui est le patron ? Pas elle visiblement…

Cent jours, elle a cent jours pour tout donner à son enfant. Ce rite prend fin avec la reprise de son travail. Brutalement. Le premier jour a la noirceur des prophéties. Elle a lu que, pour le bébé âgé de trois mois, un cycle ininterrompu de huit heures en crèche était l'équivalent, pour un adulte, d'une période de soixante et onze jours vécue en situation d'abandon. Alors, pour atténuer sa culpabilité, elle rentre en courant du bureau ; déjà prête à s'épuiser avant l'heure. Elle se dit qu'en gagnant quinze minutes, elle sauve donc son bébé de deux jours d'abandon. Elle ne remet rien en question de ce qu'elle lit sur la maternité. Elle est trop heureuse qu'on lui donne un mode d'emploi. Quand elle passe la porte, hors d'haleine et hystérique de le retrouver enfin, son fils détourne la tête. Son petit bébé allongé dans son transat, la nuque encore un peu molle pour sa lourde tête qu'il parvient néanmoins à tourner sur le côté, regarde au loin, impassible. Il faut que son père s'approche et le prenne dans les bras pour qu'il s'anime à nouveau, esquissant un sourire et agitant ses poings. Mais quand elle se place face à lui derrière l'épaule de son père, à nouveau il ne la regarde pas. Cela ne dure que quelques jours, mais suffit pour que ses épaules se chargent soudain d'un fardeau dont toutes les mères connaissent le poids : la culpabilité. Sous le choc du reproche implicite de son enfant, bien qu'elle soit heureuse à l'idée d'être une mère qui travaille. Puis, elle l'accepte comme une composante intrinsèque de son rôle de maman et finit même par le voir comme une preuve d'amour.

Le même entourage, les mêmes magazines et livres, si fertiles de recommandations sur le bien-être de son enfant, restent muets sur le retour au travail. Il grince au contact de l'idéal naturel de la bonne mère. Elle découvre alors la seconde métamorphose requise par l'initiation maternelle des femmes actives. D'animal, elle devient gymnaste, expérimente le déséquilibre et la douleur d'un grand écart sans échauffement ni souplesse. Elle accuse le coup et réagit en s'achetant un Ciao, petite mobylette, afin de réduire au maximum le temps de trajet entre son travail et la maison, et donc d'autant sa culpabilité d'abandonner son fils pour la journée.

Devant la boutique, elle pédale sur place comme une folle jusqu'à démarrer dans un bruit de pétarade qui détonne parmi les sons veloutés et élégants, ou rugissants et dominants, des véhicules de l'avenue Montaigne. Après une journée dans ce temple du chic, ce démarrage tonitruant suffit à canaliser son envie de rébellion, tandis que la vitesse maximale du Ciao, quarante à l'heure dans les descentes, lui offre une sensation grisante de liberté.

Il m'est très difficile de parler de celle que j'étais à cette époque, elle me semble lointaine, étrangère. Pendant ces quinze ans, j'ai vieilli en années-chien, chaque année, intense et acérée, comptant pour sept, j'ai vieilli à toute vitesse pour renaître dans une autre vie que la mienne. Cette distance pourrait être idéale pour l'analyser, la décortiquer, l'exposer sans gêne ni pudeur. Mais ce recul se brouille de *désamour*, si tant est que je m'aimais à cette époque, et d'un manque total d'intérêt. Il faut l'écrire, elle ne m'intéresse pas. Elle m'attriste et m'effraie. Ses années de vie lisse et conformiste me laissent le goût d'un grand gâchis, je ressens encore aujourd'hui son ennui, sa mélancolie, avec la peur qu'ils me contaminent à nouveau. Il me suffit d'y penser pour que la mollesse des années à attendre envahisse mes muscles, anesthésie mes nerfs dans une totale passivité. Elle ne m'offre pas de prise, se dérobe à mon regard, elle dresse la banalité de sa vie comme un miroir sans tain derrière lequel elle se dissimule puisque elle n'existe pas encore. Seul son changement m'intéresse, seul le chemin qui m'a fait devenir celle que je suis aujourd'hui a une valeur à mes yeux.

Bien que tout ne soit qu'immanence n'y a-t-il pas, malgré tout, dans toute transformation intérieure, un noyau dur, un fond de personnalité dans lequel s'enracinent nos vies ? Peut-on changer radicalement ? Derrière son miroir, elle ne m'offre que mon reflet et m'oblige à le briser pour lui faire face et me reconnaître en elle. Ceci est peut-être la dernière étape de ce chemin vers une vie en mouvement, voire la raison d'être de ce récit qui m'oblige, en racontant la trajectoire qui m'a amenée jusqu'à l'écriture, à me réconcilier avec elle, à l'aimer pour pouvoir, aujourd'hui, m'aimer complètement.

Je n'avais pas besoin de changer radicalement, je voulais juste arrêter de vivre en surface. Cette intention inconsciente a été entendue et j'ai été plongée dans les profondeurs où règne la lumière, loin des artifices de la surface. Mon fils a été le joker d'une partie qui n'en finissait pas d'ennui. Épileptique depuis ses huit ans, 3 600 crises généralisées en cinq ans au bout desquelles il a été diagnostiqué neurodégénérescent.

Il faut revenir à la mise en mouvement. Elle ne s'est pas faite malgré moi, je l'ai désirée, voulue, cherchée. Je dois reconnaître ma volonté désespérée d'entrer dans la vie et de déchirer le film transparent moulé sur mon visage et qui m'asphyxiait. Dans ma banlieue dorée, j'avais été à l'abri des malheurs évidents – les accidents, maladies, deuils, divorces qui nécessitent, au minimum, des mots. Il y avait eu le lot de drames intimes, comme dans toutes les familles, mais recouverts par un silence qui avait aplati la surface de toute irrégularité. Je croyais à la promesse que la société, la télévision, les parents formulaient ensemble : les adultes avaient leur vie propre, ils ne semblaient pas douter de leur existence.

Mais la promesse avait été décevante dès les premiers mois comme un pétard mouillé manquant la déflagration dont il était chargé. Il y avait cette sensation qui m'envahissait régulièrement, me surprenant parfois dans les premières secondes au réveil, s'invitant souvent au déjeuner avec les collègues, accaparant à coup sûr les dimanches. J'avais espéré laisser chez mes parents l'abrutissement, la langueur, l'ennui qui me prenaient adolescente. Je pouvais alors regarder des heures par la fenêtre, sans penser à rien ou presque, suivant les va-et-vient des piétons et des voitures. Quand le gris venait, il décolorait tout, le vert des arbres qui se dressaient devant la baie vitrée, le bleu roi du tapis persan sur lequel je m'allongeais dans le salon familial pour regarder le blanc du plafond quand je me lassais de la fenêtre ; le rouge de mes lèvres qui pâlissaient faute de remuer dans le silence de ces longues après-midis. Le brouillard envahissait même la télévision dont les images se floutaient et les voix ralentissaient jusqu'à devenir un brouhaha inaudible. Je sentais ce brouillard se répandre à l'intérieur de mon corps, me clouant au sol de son poids insupportable. Gris pigeon, blanc mouton, noir corbeau les mauvais jours, le camaïeu de mon quotidien.

Un enfant ! Il me fallait un enfant, devenir mère pour ne plus être fille. Intellectuellement, le raisonnement me paraissait infaillible : ce bébé allait me réveiller, cet enfant me révélerait. J'imaginais accoucher autant de lui que de moi. En me ressemblant, il m'apprendrait de quoi j'étais faite. Surtout, il prendrait toute la place, je voulais qu'il vole tout l'espace au gris.

Mais l'attente de l'éveil se poursuivait, mon corps résistait à sortir de sa léthargie et à se lancer dans la fabrication d'un bébé. S'il s'agissait du tout premier des innombrables apprentissages que la maternité m'inculquerait, celui-ci me laissait encore le choix d'en tirer les leçons tandis que les suivants s'enfonceraient à coups de pieux dans mon cerveau. Cette leçon me passa très largement au-dessus de la tête, accepter que je ne pouvais pas décider de tout était hors de portée. Bien sûr, j'avais connaissance des accidents de la vie qui touchaient les autres, je n'aurais jamais dit ouvertement qu'on pouvait tout contrôler, mais au fond de moi, je le pensais. On décidait de ses amitiés, de ses études, de son métier, de sa ville, du nombre d'enfants, de ses hobbies.

Plus les mois passaient, plus le gris prenait de la place jusqu'à ce qu'il soit enfin remplacé par deux petits traits bleus. Passée la première réaction de satisfaction personnelle d'avoir *réussi* à tomber enceinte, je me suis sentie tomber dans le vide, doucement, sans toucher le fond, m'accrochant alors aux épaules de mon amoureux et ne laissant rien paraître de ma chute vertigineuse. J'avais aimé la puissance de ce vertige intérieur, l'intensité de la sensation comme preuve de mon existence. Cette décision irrévocable me faisait déjà vibrer d'intensité, elle augurait d'un réveil qui serait, lui aussi, irrévocable. Je ne voulais pas voir la peur qui me tenaillait le ventre. Mais la passivité de la grossesse, qui contrastait fortement avec la puissance des premières sensations, lui a laissé par la suite toute la place. Je ne la voyais pas, mais la peur était en gestation, cette peur de ne pas être à la hauteur, de créer un nouvel être alors que je n'étais qu'une esquisse, cette peur de mal faire. Elle contribuait à ma passivité, m'immobilisait aussi sûrement que le fœtus qui prenait de plus en plus de poids. L'attente à nouveau, j'étais condamnée à rester dans l'espace confiné et émollient de l'antichambre de la vie.

La naissance n'a pas été une explosion d'émotions, mon cœur – ou simplement mon système endocrinien – était aussi anesthésié par la péridurale que mon bassin. Il y avait eu l'émerveillement dans les premières minutes puis, quelques heures après, enfin une vague d'amour. La fin des effets de l'anesthésie laissa libre cours à l'ocytocine, l'hormone du bonheur, pour qu'elle se mette à l'œuvre et crée ce fameux lien mère-enfant. J'étais soulagée, infiniment soulagée que mon bébé soit parfait, il allait bien, il était beau. Une réussite de plus qui contrecarrait ma peur de mal faire. J'étais délivrée de cette énorme angoisse. Mais la délivrance dura peu. Chaque jour qui nous éloignait de l'accouchement me mettait face à sa dégradation inéluctable, il allait de moins en moins bien, des petits boutons blancs apparaissaient sur son visage, il pleurait davantage, dormait moins, crispait son ventre comme s'il se rétractait sous l'effet d'une douleur inconnue. Il continuait d'être en bonne santé, mais il devenait de moins en moins parfait. Mon angoisse mortifère était revenue, me faisant préférer figer sa perfection à la naissance plutôt que d'accueillir la complexité de la vie qui m'écrasait de son incertitude. Je n'avais aucune raison de faire confiance à la vie, pressentant qu'elle était autre chose que la superficialité dans laquelle je vivais. Je n'acceptais aucune vulnérabilité, ni la mienne, ni celle des autres.

Ses côtes si fines sous mes doigts, son dos que recouvrait entièrement ma main, effleurant à peine sa peau pour que sa cage thoracique puisse continuer de monter et descendre dans ma paume. J'étais bouleversée par sa fragilité, par le miracle, non pas d'avoir fabriqué cet être, mais qu'une vie puisse tenir dans un si petit corps, et sembler s'y maintenir, à l'air libre, sur un fil, ce souffle si léger, à peine perceptible, qui sortait de sa toute petite bouche. Sortir de la clinique m'angoissait, je les trouvais inconscients de me laisser repartir. Mais il avait bien fallu quitter ce cocon chaud et rose et rentrer à la maison. Encore en manteau, tenant mon fils dans sa combinaison d'hiver, je me laissai tomber dans le fauteuil de sa chambre et pleurai cet heureux événement. Je pleurais la faiblesse de ce petit être dans mes bras, je pleurais la précarité de notre situation à tous les deux, notre solitude et l'écrasante responsabilité qui m'incombait de maintenir en vie l'être le plus vulnérable au monde. À nouveau, je tombai dans le vide.

Je m'accrochais aux moments qui suivaient la tétée. Il rejetait subitement la tête en arrière, les yeux fermés, les joues rouges et barbouillées de lait, je le posais alors sur mon épaule, son petit crâne, à la rondeur parfaite se lovant dans mon cou. Imbrication idéale de son corps dans le cercle que mon corps formait ; à nous deux, j'étais complète, entière. Je pouvais me contenter de cela pour exister ; pendant un certain temps, j'aurais pu m'en contenter, s'il n'y avait pas eu le monde extérieur. À l'abri du froid hivernal dans notre petit appartement, j'aurais pu continuer à me fondre dans mon fils, n'exister que pour lui, à travers lui. Je ne sais pas s'il avait remplacé le gris, mais il avait déplacé le problème, il était mon existence. J'aurais pu laisser le monde derrière les fenêtres, s'il n'y avait eu pas la nécessité d'avoir un statut, une identité, d'avoir son existence propre. J'avais déjà un métier, le reste viendrait sans doute avec le temps, j'allais donc y retourner. Et puis, les semaines passant, notre cocon se fendillait, les pleurs du soir me plongeaient dans un désespoir qui semblait aussi profond que le sien. Son père avait beau me rassurer sur la normalité de ses pleurs, je ne comprenais pas. D'où lui venait cette angoisse à la nuit tombée qui le faisait hurler sans que rien ne puisse le calmer ? De quoi ne savais-je pas le protéger qui le rendait aussi malheureux, après seulement quelques semaines de vie ? Rien ne calmait sa folie nocturne qui me mettait quotidiennement face à mon échec, petit être rouge et hurlant dans mes bras. Alors, la perspective prochaine de retrouver un environnement où contrôle et performance régnaient en maîtres me rassurait.

La coupure nette du retour au travail fut violente. La vie normale était absurde. À mon retour à la maison, il avait manifesté son manque, son mécontentement, sa frustration, sa peine, sa colère même peut-être. Alors que j'étais encore si dépendante de lui, il me montrait à quel point il m'en voulait, à quel point je l'avais déçu, moi sa mère. Par son reproche implicite, il avait lui-même coupé le cordon. Pourquoi personne ne m'avait prévenue qu'à trois mois, un bébé serait déjà capable de m'ouvrir le cœur en deux et de le bourrer, jusqu'à écœurement, de culpabilité ? Pourquoi personne ne m'avait-il conseillée sur la gestion de cette culpabilité, comme si elle était inéluctable et qu'il allait de soi que les mères devaient faire avec ?

Tellement sûre, j'étais
Tellement sûre, j'étais
De ma nature, de ma jeunesse
Tellement sûre, j'aurais aimé que ça dure
(…)
Sensation d'être grande au cœur de la démence
Mon cœur et mon corps ne savent plus trop.

Claire Denamur, *Rien de moi*

Les grandes fenêtres qui donnent à l'est de leur appartement, perché sur les hauteurs de ce quartier bobo, laissent le soleil entrer à l'horizontale dans leur chambre. Depuis qu'ils ont emménagé, c'est le premier samedi matin où le soleil les noie à ce point. Dans un demi-sommeil et le sourire aux lèvres de tant de lumière, ils se serrent l'un contre l'autre pour prolonger la nuit. Quelques minutes à peine, les premiers bruits de l'enfant les font tous les deux se précipiter au-dessus du lit à barreaux. Lui aussi est tout sourire d'avoir son horizon rempli des visages de ses deux parents qui lui parlent en même temps, il regarde à gauche puis à droite, c'est finalement elle qui le sort de son lit. À peine calé sur les hanches de sa mère, il est repris par son père pour qu'elle puisse préparer le lait. Une fois prêt, un léger flottement, à peine perceptible. Qui va le nourrir ? Elle tient le biberon dans la main, lui tient fermement le bébé, quelques secondes en suspens, elle lui tend finalement le biberon : « Tenez, mes Amours. » Le père et le fils plongent leurs regards l'un dans l'autre, moment de grâce sur fond de bruit de succion. Elle les observe et se dit qu'elle a beaucoup de chance qu'il soit un père moderne, adepte du télétravail, très présent auprès de leur fils. Elle tait un petit pincement au cœur et attend la fin de cette scène sacrée, le regard au loin vers les banlieues parisiennes qui s'étendent en contrebas. Il paraît que le premier rôle du père est de casser l'osmose entre la mère et l'enfant. Il y excelle. Il est bien décidé à ne pas être le père distant qu'il a eu, et à prendre exemple sur sa mère à lui, entièrement dévouée à ses enfants. Il adore cuisiner et préparer des purées fraîches pour son fils. Elle reprend l'enfant pour l'habiller, choisit un body « I love Dad » avec un tout petit pantalon en velours beige, le même que celui de son père. Tous les trois partent faire des courses, ensemble, toujours ensemble. Aucun des deux ne lâche du terrain autour de cet enfant roi qui, lui, prend de plus en plus de hauteur avec un père et une mère complètement dédiés. C'est merveilleux, pense-t-elle, deux parents aussi présents, totalement interchangeables.

Ils l'ont appelé Solal comme ils auraient pu choisir Zeus ou Shiva. Elle avait décidé du prénom avant même d'être enceinte, avant même de vouloir un bébé. À seize ans, elle avait refermé les mille pages de *Belle du Seigneur* d'Albert Cohen et décidé que son fils s'appellerait Solal. Entier, passionné, sublime, le personnage avait donné corps et nom à son besoin vital d'intensité, à sa soif d'une existence sans réserve. Son enfant-réveil ne pouvait porter d'autre nom. Solal est le centre de leur système, leur soleil. C'est une merveille de petit garçon. Les autres l'appellent le petit prince, elle n'y voit aucune ironie. Elle le trouve parfait, mais se défend de le penser, juste par complexe de supériorité. Elle est fière d'eux. Elle vend du rêve, leur famille moderne : un joli couple avec leur bébé en bandoulière. Ils le portent comme un nouvel accessoire qui vient finir leur look de jeunes gens à la mode.

Elle ne regarde plus par la fenêtre ni la télévision. Les magazines féminins et culturels ont pris le relais. Elle découpe les conseils pour faire manger des légumes aux enfants, les meilleurs ateliers « jeune public » des musées de la ville, les nouvelles marques de vêtements, les applications éducatives… Elle a même plusieurs articles sur les meilleures colonies de vacances pour adolescents. Un jour, c'est sûr, Solal ira en *summer camp*, et alors elle sera prête. Le tout est bien rangé dans des pochettes thématiques sous son joli carnet doré et pistache.

La presse tire les ficelles de leur vie. Le calendrier des expositions à venir et elle prend des billets pour une nocturne. Un article sur les bienfaits du sport et elle s'impose trois joggings par semaine. Les derniers restaurants à essayer remplissent son agenda pour plusieurs mois de dîners entre amis. Comme un poulet sans tête, elle court d'une résolution à une autre, embarque au passage son amoureux qui n'en demande pas tant. Et quand vient le dossier « Spécial Sexe », il a intérêt à être en forme. La vie moderne est un joli remède à l'ennui, courir pour le semer. Solal est de toutes les activités, officiellement pour montrer qu'il n'empêche en rien ses parents d'avoir la même vie que leurs amis sans enfants. Et ces derniers sont, forcément, ravis de voir Solal. Comment pourrait-il en être autrement ? En réalité, Solal prend toute la place, même sans parler, sans trop bouger, les discussions ne tournent qu'autour de lui. Ce n'est pas tant qu'il intéresse spécialement les autres, mais ses parents ne se préoccupent que de lui. S'ils font mine d'avoir une discussion d'adultes sur un autre sujet, ils ne peuvent s'empêcher d'interrompre leur écoute par un nettoyage de bave, un changement de position, ou juste un sourire.

Sans nuage ni orage, leur bonheur à trois s'installe au fil des mois. Elle prend plaisir à regarder son amoureux devenu mari s'épanouir en tant que père. Les samedis où elle travaille, elle s'attendrit de le retrouver somnolant sur le tapis d'éveil de Solal dans la chambre sens dessus dessous, épuisé mais heureux de cette journée passée seul avec leur fils. Elle est fascinée de le voir jouer des heures au garage avec Solal, faire mille aller-retour à quatre pattes dans l'appartement, Solal sur son dos, alors qu'elle n'aime que le bain ou les histoires. Elle s'était imaginée dans une lumière douce et chaude, lisant une longue histoire à son enfant qui s'endormirait au son de sa voix tandis qu'elle lui déposerait un baiser sur le front et se retirerait sur la pointe des pieds avec aux lèvres le sourire béat d'une mère heureuse. La réalité ne ressemble pas exactement à son fantasme. Elle doit tenir fermement le livre aux pages desquelles son fils s'accroche, répéter plusieurs fois les mêmes phrases interrompues par Solal qui lui ordonne de nommer les différentes choses pointées par son index courbé. Au final, elle enchaîne « il était une fois » avec une série de « meuh » qui ont raison de sa patience bien avant le sommeil de son fils. Un jour viendra où les choses se passeront comme elle les a imaginées, se dit-elle.

Un jour viendra aussi, avant si possible, où le père de Solal dira non à son fils. En attendant, elle s'irrite d'être obligée de mettre les limites. Son domaine devient l'autorité qu'il délaisse. Elle qui s'est sentie si maternelle à la naissance de son fils ne sait pas quelle maman être. Elle n'a jamais demandé l'autorité, ça ne faisait pas partie de sa *wishlist*. Il est vrai que celle-ci contenait davantage d'idées d'activités qu'une véritable vision de l'amour maternel, mais peu importe, dire non le doigt en l'air et les sourcils froncés n'apparaissait nulle part. Solal ne s'y trompe pas. Les enfants ont le don pour trouver la brèche et s'y engouffrer. D'objet passif de leur amour, il devient désormais acteur de cette danse à trois qui semble faite pour deux. Le petit prince devient tyran, habitué de voir ses deux parents répondre avec précipitation à ses incessantes demandes. « Papa » sort plus souvent de sa bouche que « maman ». C'est un fait. Elle accuse le coup et refuse de reconnaître l'hostilité qu'elle ressent parfois envers son fils dont ils sont les souriants pantins. Face à un père en permanence agenouillé les bras ouverts et une mère debout de trois quarts, il sait vers qui se tourner. Quand elle endosse le rôle du gendarme, une certaine animosité remonte, qu'elle ne sait pas vers qui diriger à part vers elle-même. Faire bouder ou pleurer son enfant n'a jamais rendu heureux personne, elle n'y fait pas exception. Elle s'imagine plus souvent dans le rôle de Guignol, le public lui criant « attention, derrière toi, le méchant ! » tandis qu'elle gigote d'un côté et de l'autre, incapable d'identifier la menace qui pèse sur sa vie de jolie poupée.

Les premières dents ou les petites maladies lui offrent, paradoxalement, un rôle qu'elle embrasse totalement. Heureuse que les oreilles de son mari aient besoin de la lumière du jour pour entendre les pleurs de Solal, elle jouit de ces parenthèses nocturnes rien qu'à deux. Elle berce et calme son enfant pendant des heures, s'impose de le délivrer de ses souffrances. La pénombre de l'appartement absorbe ses doutes habituels. Il n'y a plus que son bébé, son amour et ses bras ankylosés par le poids. Elle chuchote à son oreille, l'observe regarder les lumières fragmentées de la nuit par-delà la fenêtre, s'attendrit des sanglots isolés qui remontent entre deux crises de larmes. Il la regarde les yeux brillants de pleurs et peut-être d'amour, emmêle ses doigts boudinés dans les cheveux de sa mère qu'il tire d'un coup quand une douleur le reprend. Rien ne la blesse, elle est à lui, il a tous les droits quand elle peut l'aimer ainsi. Il s'endort entre ses jambes, elle appuyée contre le lit à barreaux, immobile moins par peur de le réveiller que de rompre cette plénitude maternelle. Elle aime l'importance de sa mission, l'intensité de leurs tête-à-tête qui lui rappellent avec mélancolie leurs premiers mois fusionnels. Ces maux du quotidien lui permettent de hisser la grand voile de la maternité et, inconsciemment, de mettre quelques coudées d'avance à son mari. À moins qu'elle n'essaie juste de le rattraper.

Devant ses amies, elle se gargarise de ce modèle ultra-contemporain enfin acquis, trente ans après la révolution féministe : l'homme-maman qui privilégie son enfant à son travail et la femme-papa qui travaille et limite de son autorité une relation trop fusionnelle entre le père et son fils. Mais les premiers mois de son bébé ont enraciné le modèle d'une mère omniprésente et entièrement disponible, elle y a vu les traces, tellement creusées que les éviter était impossible, de tant de mères avant elles. Le matin, quand elle part au bureau, laissant son mari et leur fils en tête-à-tête, elle perd ces traces et n'en retrouve pas d'autres, à part les siennes, ses pas traînants sur un chemin qu'elle n'a pas vraiment choisi. Un plan d'action s'impose. Elle aura un deuxième enfant, elle aura une fille, elle aura sa revanche.

Deuxième manche. Elle pense connaître les règles du jeu. Son premier atout : la nature qui l'a dotée, elle et pas le père, d'un utérus et de deux mamelles. Déterminée à gagner la partie, elle investit encore plus l'idéologie naturaliste autour de la naissance. Elle lit tout ce qu'elle trouve sur l'accouchement naturel. Elle n'est pas à un paradoxe près et prépare cette naissance comme un dossier. Elle écrit dans son projet de procréation le protocole qu'elle a choisi : monitoring légal minimum, pas de perfusion d'hormones, pas d'aspiration des voies respiratoires du bébé, etc. Elle le présente à son obstétricien, elle aurait aimé le lui projeter en PowerPoint à grand renfort d'animations et d'images, mais fait juste glisser sa feuille sur le bureau, un peu gênée. Dans un hochement de tête appuyé d'un regard condescendant, il lui rend son papier.

À huit mois de grossesse, elle le plaque pour une sage-femme spécialisée en accouchements physiologiques.

Rien ne la rebute dans ce retour aux sources. Ni se masser le périnée en préventif puisque l'épisiotomie est proscrite, ni hurler à la mort à quatre pattes devant son mari qui comprend soudain ce que l'absence de péridurale signifie, ni enduire de son propre lait ses tétons, qu'elle laisse sécher à l'air libre pour éviter les crevasses. Elle est devenue à nouveau animale, mais par choix, en s'y adonnant totalement. Elle attend trois jours pour donner un bain à sa fille et se jure de ne jamais oublier son odeur à sa naissance. Elle sait qu'elle a peu de temps pour permettre à la nature de la consacrer mère avant que la civilisation ne la coupe de cet instinct si puissant. Alors, elle se laisse emporter. Sa fille sera sa victoire. Elle la pare de merveilles en cachemire rose poudré achetées juste après l'échographie confirmant le sexe du bébé, qu'elle avait planifiée le premier jour des soldes. Une hérésie bien éphémère pour une enfant condamnée à rendre sa mère enfin mère. Ou femme. Ou les deux. Elle ne sait plus très bien.

Avec sa fille, la fusion est totale, peau à peau toute la journée, massages et cododo. Elle installe dans leur lit une muraille de traversins entre sa fille et son père puisqu'il n'a pas cet instinct de maman et pourrait l'étouffer dans son sommeil. Elle le lui fait bien comprendre, si bien qu'il finit par déserter le lit. Cela la soulage, mais elle ne dort que d'un œil, pas totalement convaincue au fond que son instinct maternel arrête un potentiel coup de coude en pleine tête ou l'empêche de rouler sur sa fille. Bien entendu, elle tait ses angoisses.

Leur fille porte le prénom du personnage qui déclencha la plus grande guerre de la mythologie. Mais à ce moment-là, cela ne leur traverse pas l'esprit. La signification officielle et politiquement correcte de son prénom est « éclats du soleil », de quoi faire l'unanimité. C'est elle qui a choisi le prénom. Cela lui évoque-t-il ce jeu du miroir qui, en reflétant les rayons du soleil, aveugle l'adversaire ? Peut-être.

À la grande surprise de ses parents, Solal accepte très bien l'arrivée de sa sœur. Ils avaient tout lu sur le traumatisme des aînés, coachés à bloc pour que rien n'entame le bonheur de leur fils. Mais leur stratégie digne d'un jeu de go ne rencontre aucun adversaire. Solal est comme d'habitude, il ne manifeste aucun trouble, ce que confirme la séance chez la pédopsychiatre organisée en prévention. Il ne détourne pas la tête de son dessin animé quand sa mère allaite. Il est vraiment très équilibré cet enfant, se disent ses parents, le voyant traverser l'appartement en attrapant sous les bras sa sœur qui pend comme un ver de terre, ou la caressant avec une grande douceur malgré sa mâchoire totalement crispée. Ils sont très très loin de réaliser que son indifférence envers sa mère est un malaise. D'autant qu'ils ont chacun leur enfant maintenant. Solal tire les fils de son père qu'elle maintient à bonne distance de leur fille. Tout va pour le mieux. Leur maison de famille se construit sur cet empilement acrobatique de boîtes en équilibre.

La partie n'est pas gagnée pour autant. La fin de son congé maternité se profile et, avec elle, l'angoisse d'être à nouveau mise hors-jeu. Le grand écart à froid entre l'osmose parfaite qui l'unissait à son fils et la reprise de son travail lui a déjà claqué les ligaments du cœur une fois. Échauffée et échaudée, elle prolonge tant qu'elle peut et décide de reprendre à temps partiel. Elle l'impose au père de ses enfants, presque sans explication, la communication n'est pas son fort. C'est bas, mais elle n'est pas mécontente que ces vingt pour cent de salaire en moins l'obligent, lui, à mieux gagner sa vie. Elle en est là, à cette pathétique tentative d'équilibrage.

Sa fille ne fait plus ses nuits depuis qu'elle travaille à nouveau. Cette petite prend très à cœur sa mission de la consacrer maman. Elle fantasme des nuits complètes, mais trouve une certaine satisfaction à se sentir aussi nécessaire à sa fille. Ce bébé réclame sa mère, cet enfant a besoin d'elle. Elle a donc bien sa place, elle existe.

Avec un deuxième enfant, ce jeune couple bobo, leur garçonnet au bras, devient une famille. Une vraie famille. Comme celles dans lesquelles elle et son mari ont grandi. Une famille comme dans les publicités qu'ils n'aiment pas. Les parents, le fils et la fille dans un monospace, qui regardent le paysage en souriant. Les parents, le fils et la fille qui jouent avec un labrador devant un pavillon. L'entité famille les encercle, les enferme. C'est fou comme il faut redoubler d'efforts pour se sentir encore cool et jeune quand on est une famille de quatre. Vouloir à tout prix *bruncher* dans un endroit où tout le monde se regarde, regards insupportables quand on a un bébé hurlant de sommeil et un enfant jouant à la pâte à modeler avec ses frites. Continuer à voir des expositions alors que, chacun gérant un enfant, aucun des deux n'a le luxe de deux secondes consécutives disponibles pour regarder une œuvre ni même la légende. Se risquer à se promener sans poussette, scène trop caricaturale, pour finir cassés en deux d'avoir porté chacun un enfant pendant ces dimanches après-midi qui semblent ne jamais en finir. Ils se démènent, puis de moins en moins. Ils achètent une voiture pour passer les week-ends au vert chez leurs parents, arrêtent d'acheter des magazines culturels chroniquant des expositions qu'ils n'iront pas voir, ne sortent plus sans poussette ni trottinette et voyagent même avec un parasol. Ils sauvent les apparences en restant lookés, les enfants autant que les parents.

Au parc, elle s'attarde sur un mignon petit garçon à la coupe au bol, tunique et sandales allemandes, comme son fils. « Solal ! Solal ! » Elle remonte le fil de la voix qui appelle cet enfant et tombe sur eux, enfin, un couple comme eux. Elle avec ses grandes lunettes de soleil et son jean élimé, lui avec sa barbe de trois jours. Il doit travailler dans le cinéma et elle dans la communication. Ils ont une petite fille en blouse liberty dans les bras. Eux. Et partout dans le parc, eux. Soudain, elle ne voit que ça, des familles comme eux. Comme des miroirs qui se font face, l'image de leur famille se projette à l'infini. La mère qui débarbouille sa fille dans le bac à sable, c'est elle avec sa blouse ancienne. Le père qui aide son fils à grimper sur le toboggan, c'est son mari avec ses lunettes de soleil années 1960. Les deux mères qui papotent à côté des balançoires, c'est elle avec la mine bronzée et encore elle avec son sac de marque en bandoulière. Le père qui fait une passe de foot à son fils, c'est son mari avec son t-shirt qui moule juste ce qu'il faut son corps sportif. Ils sont partout. En un instant, sa vie de conte de fées, ou tout du moins de série du dimanche après-midi, bascule dans un film de science-fiction où ils seraient envahis par des clones. Une voix étrangère vient la tirer de sa vision d'angoisse : « Madame, la petite ! La petite ! » Sa fille a basculé la tête la première dans le bac à sable, un croisement intéressant entre l'autruche et la tortue. Quelle bonne idée de faire l'autruche, se dit-elle, prête à tout pour échapper à cette vision et à ce « Madame » qui lui ressemble si peu, avant de relever sa fille, aussi reconnaissable qu'un maillot de bain mouillé qu'on aurait laissé traîner dans le sable.

Rentrée avec sa fille, traumatisée par l'apnée du siècle, elle continue à imaginer la vie de ces familles-miroirs. Dans leur quartier si typé, elle voit tous les appartements s'allumer, elle y entre, déambule au milieu de leur décoration, mi-industrielle mi-ethnique. Elle s'attarde sur les photos de vacances qui donnent à voir les enfants sur la plage ou au bord d'une piscine avec d'autres enfants, les parents bien habillés, sans doute à un mariage, les parents et les deux enfants dans la lumière flatteuse d'une fin de journée ensoleillée. Ces images de bonheur construisent les mythologies familiales qu'elle connaît par cœur et qu'elle ne sait pas différencier de sa propre histoire. Elle regarde le cadre de leur photo de famille qui soudain se lézarde, une fine zébrure à peine visible à l'œil nu, mais qui parcourt toute la surface.

Quand les épreuves viendraient plus tard et que les amis répondraient présents, je me reprocherai beaucoup de ne pas avoir fait attention à eux pendant toutes ces années où la vie était facile. Je comprends maintenant que je ne pouvais faire autrement. Il faut être bien avec soi-même pour s'intéresser aux autres, je ne l'étais pas encore. Je ne connaissais que le mode fusionnel, idéal quand on ne possède aucune frontière et qu'on souhaite se remplir ; nous fonctionnions tous les trois sur ce principe. J'étais définie par mon mari, mon fils et mon travail, je leur étais complètement dédiée. J'étais incapable de m'ouvrir aux autres, trop occupée à être dans le contrôle de ma vie, dans cette construction de façades bien droites et bien solides qui occupait toute mon énergie.

Il y avait le bonheur, il y avait la tristesse. Le bonheur était voilé, la tristesse était tue, le tout était un peu fade mais pas désagréable. J'avais conscience des moments de bonheur, ils étaient nombreux, je les regardais, les observais, les intégrais. Mais quelque chose en moi m'empêchait de les vivre pleinement, je me sentais toujours spectatrice. Intellectuellement je comprenais le bonheur, mais il glissait sur moi comme si ma peau était trop dure pour qu'il puisse la pénétrer jusqu'à mon cœur. Grâce à cette carapace, la tristesse ne traversait pas non plus dans l'autre sens. Elle m'était totalement dissimulée et rien ne l'exprimait extérieurement. Le silence l'a préservée, je la retrouve, intacte, sous le tapis où je l'avais, selon une tenace habitude familiale, glissée. Je m'étonne de sa profondeur à une époque où tout allait pour le mieux. Pourtant la blessure est bien là, créant un terreau fertile pour les autres blessures à venir. Il n'y a rien de pire qu'un malaise qui n'a pas sa place, pour lequel rien ne peut être fait, à part le laisser gangréner imperceptiblement. Me vient le mot de trahison pour évoquer le déchirement intérieur qui s'accentuait de mois en mois. Le traître n'était pas tant le père de mes enfants, qui avait le mérite de se connaître suffisamment bien pour savoir quel papa il voulait être, que les modèles auxquels j'avais juré fidélité. J'avais tout donné à mon fils pendant des mois, m'en occupant jour et nuit, sacrifiant mon corps. J'avais repris le chemin du travail selon ce que l'on attendait de moi. Et je me retrouvais avec l'autorité comme expression de l'amour maternel, autorité que mon éducation rendait, malgré moi, essentielle. Quelle injustice ! Je n'en voulais pas, je n'en voulais plus. Je n'avais pas envie de me sentir moins nécessaire à mon fils alors que son besoin de moi confirmait mon existence. Il était trop tôt pour que je prenne mon autonomie, il m'était nécessaire.

Ce retrait soudain de mon utilité faisait vaciller les fondations de mon existence encore trop récente pour y résister, il fallait que je définisse quelle mère je voulais être. La question était nouvelle, visiblement être mère ne suffisait pas à justifier une existence. Je pressentais l'incompatibilité des modèles de maternité et de travail, je faisais l'expérience du flou qui en découlait et contrastait fortement avec la clarté de chacun de ces idéaux pris séparément. Je n'en étais pas encore à les remettre en question, le problème venait certainement de moi, je n'avais pas été assez déterminée dans ma maternité, il fallait que j'aille plus loin.

Dates et fréquence des rapports, régime alimentaire, je mettais tout en œuvre pour que mon deuxième enfant ne soit pas un garçon. Une fille me semblait être le moyen le plus direct et le plus efficace pour instaurer une relation exclusive voire fusionnelle. Le contrôle m'apparaissait toujours comme le plus sûr moyen d'obtenir la vie que j'avais choisie. Je voulais le mieux pour ma fille, lui préparant l'accouchement le plus doux possible par un tour de piste des différentes techniques de préparation. Haptonomie, yoga, sophrologie, tout était bon pour échapper à la passivité dans laquelle ma première grossesse et mon premier accouchement m'avaient plongée. On m'avait accouchée de mon fils mais j'allais accoucher de ma fille.

C'était mon bébé réconfort, elle compensait l'éloignement de son frère qui continuait, doucement mais sûrement, à prendre ses distances. J'aurais préféré qu'il fasse des colères, qu'il régresse, qu'il pleure, tout mais pas l'indifférence. Alors, tout ce que je n'arrivais pas à lui donner, je le donnais à sa sœur, un million de fois plus et cet amour me remplissait complètement. J'y étais arrivée. J'avais passé le goût d'échec que ma relation restreinte avec mon fils m'avait laissé par la grande douceur du lien avec ma fille. Notre relation exclusive était d'autant plus étrange qu'elle était mon prolongement, une sorte de mini moi. Physiquement, c'était mon portrait, nous avions le même signe astrologique et je reconnaissais avec plaisir son caractère entier à travers ses pleurs de mécontentement si je parlais à quelqu'un d'autre tout en la massant. Il est vertigineux de voir tout ce qu'on fait porter sur les épaules des enfants, ils viennent au monde avec tant de missions que nous leur imposons. Ma fille devait à la fois faire de moi une vraie mère, compenser la distance de son frère, et, en me ressemblant autant, m'aider peut-être à me connaître et à m'aimer ?

Je n'avais jamais voulu ressembler aux autres, si j'avais suivi les modèles proposés – imposés – par mon environnement, c'était uniquement avec le désir de devenir adulte ; être vivante, ce n'était pourtant pas trop demander. J'avais rêvé de rites initiatiques, les grands absents de ma jeunesse. Mes fonctions me définissaient : mère de, femme de, employée de. Il manquait encore quelque chose, il y avait toujours cette vacance qui ne possédait pas de nom, ou juste l'idée que la vie ne pouvait pas être que *ça*. Je vivais le système de l'intérieur, j'étais au cœur du modèle, ou plutôt, comme beaucoup, j'étais à la surface du modèle qui ne possédait aucune profondeur.

Un rêve revenait régulièrement et, systématiquement, me réveillait de suffocation : j'étais à la recherche de mon fils dans les rues escarpées de notre quartier, écartelée entre l'urgence de le trouver et mon incapacité à me déplacer. Mes jambes étaient soit collées l'une contre l'autre, soit ligotées, soit enfermées dans une jupe très étroite. J'étais condamnée à de minuscules pas. Je voulais courir, enjamber les trottoirs, bondir d'une rue à l'autre, mais je ne le pouvais pas. Mes pas étaient contenus et mon cœur affolé par l'urgence de trouver mon enfant. Invariablement, la frustration et la rage me réveillaient, il fallait alors que je me précipite à la fenêtre pour y prendre une profonde inspiration.

La réalité ne pardonne pas qu'on la méprise ;
elle se venge en effondrant le rêve, en le piétinant,
en le jetant en loques dans un tas de boue !

Jori-Karl Huysmans, *Là-bas*

En grandissant, leur fille réalise l'infini potentiel de jeu et de liberté qu'offre son père. En les regardant tous les trois piquer des fous rires de connivence, elle se met à imaginer un réseau social où les enfants likeraient leurs parents, où tout le monde verrait le décalage spectaculaire entre son mari et elle. Papa vient me chercher à l'école, m'achète une viennoiserie et des bonbons, joue avec moi au bateau de pirates, fait le cheval à travers l'appartement et me met un dessin animé, ça vaut bien dix *likes*. Maman prépare le dîner, me donne le bain, me met en pyjama, vérifie mes devoirs, m'interdit de manger avec les doigts, me lit une histoire avant le câlin. Allez, on lui accorde péniblement deux *likes* pour le moment de douceur au coucher. Si les *likes* s'accumulaient de jour en jour, la différence serait abyssale. Il faut qu'elle rattrape ces heures, ses heures à elle au travail et ses heures à lui passées auprès des enfants, sans elle. Jamais elle ne déserte l'heure du bain pour un verre avec des amies, ni ne s'échappe pour un peu de sport.

Mais au fond d'elle, elle sait que son mari ne fait qu'incarner les tendances d'une société où les injonctions sont aussi fermes que les modèles absents. Elle ne peut décemment lui reprocher d'être un père aimant et présent auprès de leurs enfants. Faudrait-il qu'elle lui crie « Arrête ! » quand ils entament une deuxième heure de Playmobil, ou qu'elle hurle « Ça suffit ! » quand elle les retrouve le soir tous les trois lovés devant un film ? Est-il fautif d'être un papa très impliqué dans la vie familiale alors que, partout, on valorise ces hommes qui, contrairement à la génération précédente, sont capables de passer une journée seuls avec leurs enfants ou du moins de changer une couche ? L'image qui fait vendre du lait en poudre maintenant, c'est le bébé lové contre un torse poilu. Publicité souvent en face d'un article qui vante la paternité des pays nordiques. Elle s'imagine en blonde aux cheveux longs nattés, vivant avec un grand roux couperosé qui s'occuperait de leur marmaille aux cheveux blancs, pendant qu'elle lirait tranquillement au coin du feu sous son plaid en grosses mailles, sirotant sa tisane d'herbes du jardin dans une tasse en céramique épaisse faite par elle.

Mais elle est incapable de lire pendant que son mari s'amuse avec les enfants, ou lorsque les enfants jouent tranquillement dans leur chambre. Lors des fins de journée qu'il a libérées depuis qu'il est engagé dans des activités plus rémunératrices, elle prépare le dîner tout en rangeant leur chambre. Elle est satisfaite quand tout est prêt au moment où il rentre et que les enfants se couchent tôt. On dirait qu'elle est fière, s'attendant à chaque instant à recevoir ce diplôme de l'employée du mois que la toute première visite au pédiatre lui avait fait miroiter. Elle est parfaite. Quand il est seul avec les enfants, il ne fait que jouer, peu inquiet de l'état de leur chambre ou de l'heure de leur coucher. Qu'a-t-il compris qu'elle n'arrive pas intégrer ? Et elle, qu'a-t-elle saisi de son rôle qui lui pourrit sa vie ? Elle voudrait tant faire comme lui, mais c'est plus fort qu'elle. Dès qu'il rentre, il est immédiatement disponible pour eux. Elle les entend rire pendant qu'elle coupe, crier tandis qu'elle cuit. Ça a l'air si facile pour lui alors qu'elle ne peut s'empêcher de se sentir responsable de l'ensemble, de tout gérer plutôt que de s'amuser. Elle travaille la journée puis elle gère et cadre le soir et le week-end. Elle est parfaite. Plus les enfants grandissent, mieux elle gère et plus elle cadre. Les enfants lui coupent la parole pour parler à leur père, qui les laisse faire. Elle se sent de plus en plus transparente. Dans le cadre lézardé, elle s'efface, elle s'éloigne.

Épuisée par le devoir, elle se dit qu'elle prendra du plaisir pendant les vacances d'été. La grande maison, la cuisinière et la nounou pour tous les cousins la font fantasmer. Elle rêve de grasses matinées, de longues siestes, de lectures infinies. Mais la réalité est bien différente. Ses neveux ont des parents qui, tous les deux, se lèvent tôt pour aller à la plage, qui enchaînent sans problème le déjeuner des adultes avec le goûter des petits, qui jouent pendant des heures dans la piscine, qui ratent la moitié du dîner pour les remettre cent fois au lit. Le père de ses enfants est comme eux, et ils ont tous l'air d'y prendre beaucoup de plaisir. Cela ressemble à une nouvelle norme bien commode : la maternité en vacances. Ils sont son seul modèle. À défaut d'avoir le courage d'inventer le sien, elle a celui de prendre sur sa fatigue et ses envies, et elle suit. Tel le bon petit soldat qu'elle a toujours été. Elle ne remet rien en question, à part elle-même. Surtout dans la piscine où elle a froid au bout de cinq minutes alors que tout le monde barbote, hilare, à regarder les enfants sauter pour la millième fois de la journée. Ses frères et sœurs s'occupent autant de leurs enfants que de leurs neveux. Et son mari aussi que tous les enfants adorent. Ils sont pénibles, tous, à être aussi joueurs alors qu'elle doit tellement se forcer pour deux passes de foot.

Son seul plaisir à la piscine, au-delà de pouvoir enfin en sortir, est de sécher ses enfants dans une grande serviette et de les câliner. Elle aime leurs yeux agrandis de cils collés par l'eau, leurs lèvres rouges et humides, leurs petites boucles de cheveux plaquées au front. Tout en enlaçant sa fille, emmaillotée comme un orphelin du siècle précédent, elle regarde, dépitée, le reste des adultes déjà à la préparation du goûter. Elle se souvient que petite, elle ne jouait ni à la dînette ni à la poupée. Contrairement à ses amies, elle ne s'amusait pas à faire la maman. Plutôt que d'accepter que cela ne l'a jamais intéressée, elle noie ses souvenirs d'enfance. Elle déroule sa fille et l'installe sur une chaise haute, prête à jouer à la dînette elle aussi. L'affirmation de soi semble bien plus épuisante que ces vacances *kids friendly*. Alors, elle suit le rythme, se l'approprie et s'en convainc. Au soleil, elle oublie sa tristesse de se sentir moins maternelle, d'être exclue du rang des bonnes mères.

Une bonne mère… elle ne s'est jamais vraiment posé la question de ce que cela représente pour elle, mais elle croit savoir ce qu'est une bonne mère pour les autres. Elle en connaît, des bonnes mères, elles sont nombreuses à jalonner son quotidien de leurs ombres impressionnantes. Cela commence dès le matin, sur le trajet de l'école. La maman de Gaspard, par exemple. À la sortie de classe, elle avait repéré que Gaspard avait, pour le pique-nique, un bento de semoule aux légumes, avec une salade de fruits et des bonbons pour les copains. Et la mère des jumelles, toujours avec de jolies tenues et des tresses qu'on ne voit que dans des films d'époque, c'est une bonne mère aussi. La mère de Théo, tous les matins à la porte de l'école, en train de papoter avec la directrice et ultra impliquée dans la vie scolaire, une bonne mère ! Il paraît qu'en plus, Théo déjeune tous les jours à la maison avec des copains. Il y a aussi celle habillée pour aller travailler, que l'ascension de la rue pavée jusqu'à l'école n'empêche pas de porter des talons hauts. Elle l'imaginait, un peu comme elle, partir pour une longue journée de bureau jusqu'à qu'elle réalise que cette femme allait chercher presque tous les jours ses enfants à la sortie. Oh la traîtresse, une bonne mère elle aussi ! Et la mère de Chloé, qui a l'air de s'éclater en trottinette à conduire sa fille à des milliers d'activités après l'école, une bonne mère ! Même celle qui semble toujours un peu débordée par ses quatre garçons mais qui a, systématiquement, des gâteaux pour tous les enfants du parc, qu'elle invite en fin de journée chez elle pour des séances de pâte à modeler. Encore une bonne mère, prête à tous les sacrifices, dont celui de sa moquette. Elle est persuadée que l'été, elle fournit aussi en bob et crème solaire tous les enfants de la plage.

Elle les observe, les scrute, guette dans les discussions ce qui pourrait trahir leur dévouement. Jamais elle n'en a entendu une avouer s'être emportée jusqu'à avoir eu envie de frapper ses enfants, ou les avoir détestés de la transformer en sorcière, ivre de colère. Une fois, une seule fois, elle a entendu la mère des quatre garçons lâcher : « Oh comme j'aimerais certains jours qu'ils n'aient jamais existé… » Quelques secondes de blanc pendant lesquelles son visage avait exprimé la stupeur d'avoir parlé à voix haute, puis elle avait éclaté de rire. Bien entendu, c'était une plaisanterie, elle ne le pensait pas. Pas une trace d'ambivalence chez toutes ces mères qui la cernent de leur dévouement et épanouissement.

Elle entre dans la panoplie de la bonne mère à coups de forceps. Elle n'y arrive pas. Cela l'étouffe de ne faire que travailler et s'occuper de ses enfants qui lui renvoient l'image de son absence. Alors non, elle ne se sent pas mère. Son identité de maman est mise à mal et questionne tout ce qu'elle croit connaître d'elle-même. Elle ne sait plus qui elle est, elle ne l'a d'ailleurs jamais su.

Entre son entreprise qui valorise la présence et le surinvestissement, et un homme qui préfère faire comme sa propre mère plutôt que d'inventer un nouveau modèle, elle ne voit pas d'espace. Elle fait le ping-pong entre les modèles du moment.

D'un côté, ces femmes cheffes d'entreprise qui déclarent avoir réussi professionnellement grâce à l'implication ménagère de leur mari. Deux fois par an au minimum, en septembre et en janvier, quand l'heure des bonnes résolutions sonne, les magazines féminins distribuent les conseils de ces femmes actives pour concilier avec sourire et bonheur les exigences de leur métier et celles de leur famille, comme un *best of* de vies réglées et déléguées à outrance. Le mot d'ordre est clair, il faut travailler toujours plus, ne pas rechigner sur ses heures, s'y remettre après le coucher des enfants, s'y coller « un petit peu » le dimanche soir pour alléger le début de semaine, avoir un mari ultra disponible et le cas échéant une armée de salariés au bureau comme à la maison.

De l'autre, ces mères qui, après de longues études et une carrière professionnelle bien lancée, préfèrent rester à la maison à tricoter et repeindre les meubles *vintage* de la chambre des enfants. Les photos des délicieux gâteaux faits en famille, une cuisine digne d'une maison de maître en arrière plan, des quatre enfants jouant harmonieusement ensemble dans un salon aux tons sourds, du dernier-né dans un berceau en osier, adorable poupon en béguin tricoté main, de l'exquise troisième tétée de la nuit à côté d'un vase de fleurs séchées éclairé d'une lumière douce, alimentent le mythe d'une maternité harmonieuse et idéalisée. Ces mises en scène lui apparaissent comme une garantie d'épanouissement. Pourquoi, autrement, les mettre en avant, si ce n'est pour partager leur bonheur ? Elle a la naïveté de croire en la bonne foi et en l'intégrité de toutes ces mamans qui donnent corps au mythe et lui offrent une réalité tangible et accessible.

Dans ce vide, elle est seule. Elle ne peut parler à personne de ce sentiment d'échec, de son incapacité à s'épanouir comme mère, contrairement aux femmes de sa famille. Maman précoce mais sans génie, elle est la seule de ses amies à avoir déjà des enfants, aucune ne peut donc lui donner à voir une réalité plus complexe qui ferait écho à sa propre vie. D'autant qu'elle se sent responsable de la propagande pro maternité, comme s'il ne fallait surtout pas casser le mythe auprès des femmes qui n'ont pas encore d'enfant. Mais le pire, ce qui l'enfonce, est qu'elle a honte, honte d'avoir échoué dans une vie où tout lui réussit, dans une société où tout est performance. Cette honte l'isole et la bâillonne. Sauf quand il s'agit de gueuler sur Solal. L'incident est mineur pourtant. Elle est en train de l'habiller pour le mariage de sa marraine où il est enfant d'honneur, il résiste, elle s'impatiente, il résiste encore plus, réveille sa sœur qu'elle voulait reposée pour tenir la messe sans pleurer. Elle craque et elle s'énerve, elle lui hurle dessus comme jamais elle n'a hurlé avant, elle l'a pétrifié au milieu du couloir, il la regarde de ses grands yeux qui se mouillent, son menton tremble, mais il ne pleure pas. Elle le regarde et ne voit que sa honte à elle, incapable de faire un geste vers lui, de s'excuser, de lui montrer son amour plutôt que sa détresse. Son mari suspend ce face-à-face désolant pour prendre le relais et habiller Solal. Elle change leur fille, finit de se préparer, attache les enfants à l'arrière de la voiture, elle n'arrive toujours pas à parler, ne cesse de revivre la scène sans comprendre d'où autant de colère peut sortir. Après l'église, ils rentrent déposer les enfants, elle en profite pour quitter sa tenue pastel pour une robe noire traversée par un énorme éclair en sequins bronze qui la coupe en deux sur toute la hauteur.

« Il y a trois ans, la maman, elle était déjà en souffrance de ne pas trouver sa place, monsieur. » Elle roulerait volontiers une pelle à la pédopsychiatre qui, en quelques mots, a résumé son mal-être. Cette phrase dite au père de ses enfants est d'autant plus libératrice qu'elle semble la dédouaner de toute responsabilité. Magie de la formulation. Cela semble même englober tous ses efforts pour être dans le plaisir et non pas dans l'autorité, toutes les promesses faites à elle-même, chaque matin en se levant et chaque soir en rentrant, de s'essayer à une légèreté qui lui est pourtant si étrangère. Elle est prise d'une fierté absurde d'avoir souffert sans rien dire, d'avoir pris sur elle, sport dans lequel elle excelle, comme d'ailleurs toutes les femmes qu'elle connaît. En septembre, ils sont retournés la voir, cette petite femme dans son minuscule cabinet rempli de jouets prêts à endosser tous les personnages que les enfants voudront bien leur faire jouer pour scénariser leurs blessures. Elle prendrait bien une Barbie qui cracherait sa Valda sur Ken et finirait par enchaîner coups de tête, coups de pied dans l'entrejambe puis dans le ventre jusqu'à ce qu'il finisse à terre et, qu'enfin, elle lui demande pardon d'avoir laissé faire tout cela. Visiblement, les jouets ne sont pas pour les adultes, destinés à parler, tranquillement installés dans des fauteuils parallèles où les regards ne se croisent pas, ne se croisent plus.

Alors un jour, elle part. Elle quitte son mari, cette mère parfaite.

Je subissais la maternité, je subissais l'entité famille et son cortège d'images figées, je subissais la course permanente entre mon travail et les enfants. Non seulement je me pensais une mauvaise mère mais, en plus, le modèle avait échoué totalement à me faire sentir maîtresse de ma vie. J'avais été trompée, manipulée par la promesse de la vie d'adulte. Ma vie restait en surface, ses limites m'oppressaient, son échec me prenait à la gorge. La colère avait étouffé tout l'amour pour le père de mes enfants bien qu'il n'en ait pas été à l'origine. Dans ma descente au fond de la culpabilité, je l'entraînais avec moi, j'avais fait de mon mieux, j'avais essayé, je ne pouvais pas en être la seule responsable.

En partant, je me sauvais de l'effacement, de la transparence qui me menaçait à nouveau tandis que je me recroquevillais à l'intérieur de moi-même, n'interrompant ma passivité que par les gueulantes. Mais aussi d'une certaine folie qui me guettait, pas celle exubérante, spectaculaire. Non, plutôt la folie silencieuse, rongeuse, comme un grain dans un rouage qui, à quarante ans, vous fait sauter devant le métro sans aucun signe annonciateur. Mon mari m'avait régulièrement surprise en plein dialogue intérieur, mes mimiques me trahissaient, je faisais des grands yeux, remuais mes lèvres, secouait légèrement la tête. S'il ne m'interrompait pas, je ne me rendais même pas compte qu'une partie de moi était en train de sermonner l'autre, ou bien que j'étais en plein plaidoyer pour ma propre défense face à un parterre de juges invisibles. Partir, et je n'aurais plus à me justifier.

Il n'y a rien de plus puissant
qu'une idée dont le temps est venu.
Victor Hugo

En partant, elle élimine un premier élément de son paradigme : la concurrence déloyale de son mari. Elle est désormais seule avec ses enfants. Elle se crée des espaces où elle peut inventer sa façon d'être maman, et non pas un monstre hybride issu de la mythologie féministe. Sur les formulaires d'aides sociales, elle transforme « mère célibataire » en « mère indépendante ».

Les vacances de la Toussaint approchent, elle fait l'impasse sur la grande maison familiale. Dans le sillage de Thelma et Louise, le *happy end* en sus, elle embarque ses deux petits et roule vers l'ouest, vers l'aventure. La musique à fond, ses enfants qui martèlent le rythme, une liberté jubilatoire l'envahit à mesure que les kilomètres s'accumulent. Ils s'arrêtent face à une île qu'ils rejoignent en bateau, coupant définitivement avec le continent et avec leur vie d'avant. Ce paysage qui s'offre à eux est en parfaite osmose avec son paysage intérieur. Elle aime l'intensité de la nature bretonne, le souffle froid et vivifiant, le vacarme du ressac sur le granit, le ciel bleu profond ou chahuté de nuages venus des quatre coins de la terre. Une harmonie s'installe le temps de leur séjour. Elle vit ses premières vacances de mère indépendante en conquérante. Elle n'aura besoin de personne pour élever ses enfants. Être seule avec eux ne va pas l'empêcher de visiter l'île. Elle loue un vélo qui tire une carriole pour ses deux petits et c'est maintenant son rythme cardiaque qui se confond avec la topographie de l'île. Aucun plat, elle enchaîne les montées en serrant les dents au son des « plus vite, maman » de ses enfants et joint son cri aux leurs dans les descentes. Elle finit la journée en croix sur le lit, sur lequel sautent les deux enfants, très en forme d'avoir été assis toute la journée. Elle ne fera que ça, monter et descendre, sans jamais les faire quitter la carriole, pendant les jours qui suivent, pendant les années à venir…

Leurs quelques jours de cavale, soustraits à la société, prennent fin avec un nouveau quotidien à inventer. Tout repose sur elle et pourtant cela lui semble infiniment plus léger. Ils se mettent à danser après le dîner. Elle leur fait découvrir Prince et Madonna ; son fils s'accroche à la chanson des Poppys *Non rien n'a changé*, une façon de s'en persuader peut-être ; tandis que la petite se prend d'amour pour Shakira, au point de vouloir se faire appeler du nom de son idole. Ils passent des heures à faire des collages, elle voit, non sans plaisir, ses chers magazines se faire déchiqueter par ses enfants. Ces moments de légèreté sont d'autant plus jouissifs que la société l'auréole du courage des mères célibataires. C'est tellement dur d'élever et d'assumer seule deux enfants, elle fait forcément de son mieux, n'est-ce pas ? Pour rien au monde elle ne reprendrait sa vie d'avant, mais elle ne peut qu'acquiescer avec l'air d'un gamin qu'on plaint d'être malade, alors qu'il se réjouit de manquer l'école. L'ironie est une manière de reprendre le pouvoir, elle avance.

Sa toute fraîche indépendance la grise et décuple ses forces. Dans sa mission, elle ne peut faillir, elle n'en a pas le droit. Ni moralement, ni physiquement, ni financièrement. Sa légèreté s'accompagne du spectre de la précarité, il a le coude appuyé sur l'épaule de la mère Parfaite, ils attendent tous les deux qu'elle trébuche. Elle a choisi de garder l'appartement qu'ils ont à peine commencé à rembourser pour offrir une forme de stabilité aux enfants. Elle ne sait pas si cette stabilité est un choix raisonnable ou, au contraire, une folie compte tenu de son seul salaire. Elle ne peut compter que sur elle-même. Son travail devient vital pour la survie de sa famille, alors elle s'y démène. Toutes les primes, augmentations, évolutions deviennent son *leitmotiv* et doublent la pression, à défaut de doubler son salaire. Elle a quitté la boutique pour rejoindre les bureaux de la marque et poursuivre son ascension de la pyramide hiérarchique. La survie de ses enfants pare son investissement professionnel de la noblesse des croisades et allège considérablement sa culpabilité au travail. Elle n'en est pas encore à assumer totalement son besoin de se réaliser en dehors de ses enfants et à snober la mère Parfaite, mais elle parvient à négocier avec elle. Ce n'est déjà pas si mal.

Elle se consacre à l'hérésie urbaine. À son réveil, elle entre dans un tunnel qui commence par la préparation des enfants en un temps record, est compressé pendant les trajets, puis s'étire toute la journée dans une accumulation de réunions et autres tâches avant de s'achever comme il a démarré. C'est un tunnel aussi physique que mental, elle est à l'air libre seulement quelques minutes entre le métro et chez elle, autrement elle est enfermée.

Le soir, elle retrouve dans l'ascenseur la mère Parfaite. Après l'avoir laissée relativement tranquille au bureau, celle-ci s'invite dans ses retrouvailles avec les enfants. Ils lui font une immense fête. Évidemment, ils se réjouissent beaucoup plus d'entendre leur mère rentrer quand ils sont seuls avec une nounou que lorsqu'ils l'attendaient avec leur père. Dans ces moments-là, elle est leur tout, celle dont ils ont besoin, celle qu'ils réclament. Alors elle se sent vivante et juste dans tout ce qu'elle accomplit pour ses enfants.

Ce temps du soir est aussi le moment où la mère Parfaite prend sa revanche. Il y a une génération déjà, elle avait octroyé un allégement de peine à tous les parents, acceptant cette grande idée selon laquelle ce n'est pas le temps passé avec les enfants qui compte, mais la qualité de ce temps. La garce savait qu'elle les piégeait tous, ce tunnel devenu assez court s'était soudain chargé d'un impératif de bonheur. Elle convoque gaieté et amour pour compenser son absence et faire de ces fins de journée de purs moments de joie. Les enfants ne sont pas dupes du manque de naturel de leur mère qui, dans sa naïveté et soif de réussir, se croit capable de n'être qu'amour et disponibilité après dix heures au bureau, dix heures faites de mille petits combats. Ils voient bien qu'elle ne les écoute pas vraiment quand ils racontent tous les deux en même temps leur journée, ou que son sourire est crispé quand, encore avec son manteau et son sac, elle doit regarder leur spectacle. Elle qui adore leur donner le bain, le transforme en douche express et savonnage tonique. Elle a déjà entamé la vaisselle après avoir englouti son repas alors qu'eux ont à peine commencé à dîner. Mais tout cela se cache derrière bonne humeur, blagues et musique forte. Elle sait bien qu'avec des enfants, cela ne peut pas être continuellement merveilleux, mais pendant ce temps où ils sont avec elle, elle veut croire que si. Elle se raccroche à cette jolie utopie. En réalité, elle n'a pas d'autres choix, sinon ils préféreront aller chez leur père, elle n'a pas fait tout ce chemin pour revenir à la case départ.

Collée à ses enfants, elle investit l'espace physique de leur chambre laissé vacant par leur père. Avec un enthousiasme auquel elle croit, elle leur propose de jouer aux Lego. Ils veulent construire un grand pont pour leurs Playmobil. Un pont ? Et pourquoi pas la tour Eiffel pendant qu'ils y sont, se dit-elle en regardant avec effroi les cubes colorés en vrac devant elle. Elle garde ses doutes pour elle et plonge avec entrain dans le bac de Lego qu'elle assemble dans une forme qui s'approche d'abord de la tour de Pise avant de ressembler définitivement à un escalier. Habituée de l'image, elle a l'intelligence en 2D, elle en veut à ces petits cubes en plastique de ne pas prendre la forme voûtée qui ferait de son escalier surréaliste le pont que les enfants attendent. « Mais c'est n'importe quoi ça maman, attends je vais te montrer », son fils a pitié de sa mine déconfite. Ses mains volent de couleur en couleur et construisent en quelques minutes un pont à trois colonnes. Sous les applaudissements de sa sœur, son petit bonhomme est fier de la démonstration faite à sa mère. Elle se désengage assez vite de leurs jeux mais reste près d'eux à les regarder tout en envoyant quelques mails et en organisant les détails de leur vie quotidienne sur son téléphone. Quand Solal pousse sa sœur en arrière pour être le premier à faire traverser ses figurines sur le pont arc-en-ciel, elle suspend ses activités avec stupeur. Elle l'a grondé, mais sans hausser la voix qui a perdu de ses aigus saturés ; après un simple « d'accord maman », Solal redresse sa sœur et leurs jeux reprennent. Elle n'en revient pas du naturel et de la légèreté de la situation.

Les repas, l'habillement, le rangement, le bain, les activités, les rendez-vous médicaux, les devoirs, les courses, les copains, les histoires, les rhumes ou gastros, les pique-niques, les fournitures… tout lui revient avec la garde principale des enfants. Dans sa toute-puissance maternelle, elle refuse que le divorce les pénalise et ne baisse en rien ses exigences sur leur bien-être et leur éducation. Elle se sent trop responsable d'eux, de leur vie, de leur avenir pour ne pas leur offrir ce qu'elle considère être le meilleur. Ils continuent à manger bio et frais, à faire mille activités et voir des tonnes de copains. Elle n'échappe à rien, mais ne courbe pas l'échine pour autant. Alors elle abat des arbres, l'un après l'autre, pour s'ouvrir une voie dans la jungle de sa vie de mère indépendante. Jungle dont semblent sortir ses enfants quand ils reviennent de chez leur père. « Dis-moi Chéri, il n'a ni lessive ni mouchoirs, papa ? » Elle sait qu'il traverse une passe douloureuse, mais elle peut difficilement accepter de retrouver ses enfants systématiquement sales et enrhumés. Les mères étant jugées sur la propreté des ongles de leurs enfants, elle applique ce même traitement au père. « Cela te dérange parce que, toi, tu es matérialiste. Moi non, j'ai eu beaucoup d'argent dans une autre vie, donc dans cette vie-là, ça ne m'intéresse pas », lui répond-il. Son ex se réincarne en rishi, maître indien, que le correcteur orthographique insiste à transformer en « riche ». Mais non justement ! Visiblement, l'élevage de poux dans la chevelure de ses petits fait partie de ce détachement matérialiste. Alors le crime de tuer tous ces êtres vivants lui revient, cycle sans fin de ces petites bêtes qui se réincarnent chez son ex pour être achevées chez elle. « C'est l'histoire de la vie », comme dirait son ami le Roi Lion, qui constitue à lui seul son horizon culturel et philosophique.

Quand sa fille froisse feuille après feuille et s'énerve de ne pas réussir son dessin, elle reconnaît, non sans plaisir, une certaine détermination. Mais elle lui explique l'importance d'échouer pour progresser, le plaisir de faire qui doit primer sur celui de réussir. « Mais moi je veux être parfaite », la coupe cette petite personne de quatre ans, visiblement plus imprégnée par le stakhanovisme de sa mère que par ses justes paroles. Elle jette un regard en coin sur son livre de chevet, *L'Apprentissage de l'imperfection*, et ne trouve en guise de réponse qu'un vague sourire et une caresse sur la tête.

Pas encore achevée par son rythme infernal, elle s'impose divers *crash tests*. La première épreuve de son jeu initiatique est un séjour avec ses deux enfants dans l'immense maison de campagne familiale où personne n'ose dormir seul. Cette fille, qui n'a rien connu d'effrayant dans sa vie, mais qui est terrorisée par le monde extérieur qu'elle laisse à bonne distance, se confronte à ce décor digne de films d'horreur. Ils arrivent en fin de journée, juste avant que la nuit tombe et que les arbres perdent leur bienveillance. Les deux enfants derrière elle en poissons-pilotes, elle s'empresse d'allumer toutes les lumières et de fermer les rideaux pour dissimuler la pénombre extérieure par des tissus fleuris. Il lui reste la cuisine à éclairer, la main sur l'interrupteur, elle pousse un cri au moment de l'enclencher. Son reflet dans la baie vitrée s'est juxtaposé à une silhouette masculine qui la regarde, elle et ses deux jambes où sont accrochés les enfants. Il lui faut quelques secondes pour reconnaître le voisin à qui elle ouvre à contrecœur. Il est juste venu lui proposer de l'appeler si elle a peur. Elle se retient de lui demander de sonner à la porte la prochaine fois, et le remercie avec toute la politesse dont elle est capable. Peu de chances qu'elle l'appelle un jour, il est tombé tout seul dans la grande catégorie menaçante de ces « quelqu'un qui l'attend quelque part ». Tous les trois passent ces quelques jours collés les uns aux autres ; ils en sont presque à avancer dos à dos dans les couloirs, mais ils l'ont fait. Les épreuves continuent avec l'anniversaire de sa fille qu'elle anime, seule, au milieu de douze enfants de quatre ans. Elle emmène ses deux petits en vacances, avec des amis qui n'ont pas d'enfants. Elle sera la seule à vivre ce séjour au rythme des trois-huit, astre solitaire dans son roulement continu. Telle une sportive de haut niveau, elle sort de ces épreuves épuisée, mais grisée de l'adrénaline que procurent ces sommets d'indépendance.

Il lui arrive de brutalement en tomber, de basculer dans le vide de l'appartement où l'attendent sur la table les deux cadeaux que les enfants sont venus déposer, alors qu'elle avait fui ce premier dimanche de fête des Mères sans ses petits. Elle ne s'habitue pas au chagrin de sa fille, à ses pleurs le soir quand elle réclame son père. Sa culpabilité, dans ces moments, est énorme, elle doit se raccrocher de toutes ses forces aux raisons de son divorce, à son bonheur actuel. Heureusement, Solal reste très stoïque. Depuis cette discussion à quatre où ils avaient annoncé aux enfants leur séparation, il semble imperturbable. Mais à la rentrée de CP, elle s'inquiète de son inhabituel manque d'enthousiasme envers l'école et de ses difficultés dans l'apprentissage de la lecture. À la Toussaint, ils profitent de la nouvelle adresse de son père pour inscrire Solal à l'école élémentaire où tous ses copains de maternelle sont allés. Et Solal retrouve le chemin de l'école avec plaisir. Une semaine après, il sait lire. Le manque de ses deux meilleurs amis l'avait davantage perturbé que le divorce.

Malgré la pression maximale sur ses journées, malgré la souffrance de son ex, de sa fille toujours en manque de l'un ou de l'autre parent, du deuil de leur vie de famille, elle est bien. Elle se sent vivante, comme jamais elle ne s'était sentie auparavant ; elle respire et pas seulement pendant son heure de jogging bimensuelle. Elle a eu besoin de détruire sa famille pour ne plus vivre en surface ou au fond d'elle-même. Dans un Photomaton à l'ancienne, elle fige l'image de sa nouvelle vie : les deux enfants et elle, affublés d'accessoires improbables et agglutinés les uns aux autres pour rentrer dans le cadre. C'est la première d'une série qu'elle se jure de compléter chaque année. Chaque année d'une existence qu'elle se promet de leur reconstruire avec une maman heureuse.

Après la pièce capitonnée du modèle familial qui absorbait les coups et les cris, être une mère indépendante me projeta dans un décor plus âpre. Certes, la transgression d'avoir fait un pas de côté était jouissive. Mais il me fallait m'activer, sans prendre le temps de m'appuyer un instant sur les murs rugueux de l'autonomie. J'apprenais la précarité, non pas celle de l'absence d'argent, mais la vulnérabilité d'un mode de vie dont les ressources dépendaient exclusivement de moi. Je me découvrais une énergie capable de désintégrer, enfin, le gris qui attendait en permanence dans le coin de l'image, prêt à l'envahir si l'ennui l'y invitait et dont je comprenais enfin les origines. Il n'était pas tant une propension naturelle à glisser dans un état dépressif que l'infantilisation extrême d'un système ultra cohérent. La précarité, elle, avait le goût de la vraie vie, fini de jouer au papa et à la maman, elle transformait le jeu de rôle en réalité. J'associais son intensité à ce que devait être l'existence, je rentrais dans le vif du sujet. Dans la série sur la mafia qu'adolescente je regardais avec mon frère, je venais de changer de personnage, je n'étais plus le petit jeune qu'on prenait par le cou et à qui l'on demandait sur un ton affligé, le menton avancé et la bouche descendante : « Vinnie, qu'est-ce qu'on va faire de toi ? » J'étais devenue la relève du parrain. Dans cette pièce aux murs tranchants, j'avais posé du lourd sur la table éclairée par la lumière crue d'une suspension unique. « *Now we're talking* » me disait ma vie, entre deux volutes de cigare.

« Je ne vais pas courber l'échine », je ne cessais de me répéter cette phrase qui me collait à la peau, pourtant j'avais conscience du conformisme de ma vie. Ce n'était pas une expression uniquement pour me rassurer sur mon théorique libre arbitre, soi-disant évident dans une société occidentale démocratique. Je sentais cette résistance physique et mentale, ce refus de ployer la tête pour qu'on y glisse un joug. Je résistais sans savoir exactement à quoi.

J'abandonnais le costume de l'hystérique avec celui de l'épouse. Reprenant pied, j'offrais un cadre plus stable et surtout plus tangible aux enfants qui éprouvaient moins le besoin de se rassurer sur mon existence en se frottant à mon autorité. Je retrouvais le plaisir d'être avec mon fils et ma fille, de simplement être avec eux sans avoir à nous imposer diverses activités ludiques, ni devoir sortir de la maison par peur qu'ils deviennent fous en restant enfermés. Je me dispensais de faire la classe à des peluches, des circuits de voiture ou des gâteaux qui m'ennuyaient profondément. Je taisais ce manque d'intérêt qui me semblait une preuve supplémentaire de ma défaillance – alors qu'il était opportunité de mieux me connaître – pour écouter leurs envies et m'autoriser la légèreté d'improviser. Cela m'offrait un plaisir inédit et rendait possibles mes envies de tendresse envers mon fils. Son père et mon autorité en moins, je le retrouvais, nous étions à nouveau disponibles l'un pour l'autre.

Il fallait au moins cette révélation pour compenser la culpabilité qui me broyait, elle avait déplacé son poids mais n'en pesait pas moins sur mon cœur. Mais sauver ma peau avait causé des dommages collatéraux. Je me refusais à imaginer l'autre vie qu'ils avaient chez leur père, faite de repas, d'habits, de livres, de films, de vacances dont je ne saurais rien, de chagrins et de peurs que je ne consolerais plus. Et, pour la moitié de leurs souvenirs, je les privais d'un de leurs parents. À un moment, il faut accepter de moins voir ses enfants, bien que ça n'ait rien de naturel. Il faut le choisir. Je n'avais pas fait ce choix dans ces termes car la décision s'était imposée à moi, je ne doutais pas de son bien-fondé. C'est après que j'eus à accepter de passer à côté de la moitié de leur vie ou presque.

J'avais conscience du deuil que j'avais provoqué mais m'accordais peu d'occasions d'en vivre les émotions. Je pouvais gérer ma tristesse, la divertir, l'enrober du bonheur que m'apportaient mes nouvelles relations avec les enfants mais ma culpabilité était un bloc, rien ne l'entamait ni ne l'adoucissait. « Quand je suis avec papa c'est toi que je réclame, quand je suis avec toi c'est papa que je réclame », ma fille me regardait droit dans les yeux, sans hésitation et dans une syntaxe qui m'avait paru très sophistiquée pour une enfant en première année de maternelle. La symétrie de sa phrase était parfaite, l'analyse de la situation irréprochable et le ton laissait peu de place à la négociation. Son évidence m'avait saisie et j'en étais restée les bras ballants.

Le nez moins collé à la surface de la photo de famille, j'avais plus de recul pour observer mes enfants qui me renvoyaient une image de mon comportement. Ils donnaient corps aux forces invisibles qui agissaient en moi et m'effrayaient maintenant que je les voyais à l'œuvre chez eux. La recherche de perfection de ma fille me glaça le sang tant je voyais couler dans le sien un héritage maudit dont je commençais tout juste à prendre conscience chez moi. L'introversion de mon fils me faisait peur de manière plus insidieuse. Elle n'était pas un problème en soi, être introverti est un trait de personnalité comme un autre, mais j'y projetais mon incapacité à dire quand ça faisait mal, je l'associais à mes difficultés à percevoir mon ressenti. En regardant mon fils manifester aussi peu d'émotions liées à la séparation, je craignais qu'il ne s'empêche de partager sa tristesse et qu'il garde pour lui son cœur plein de larmes. Je n'avais fait qu'un pas vers une vie qui me ressemblait et les enfants, miroirs de mes ombres, me poussaient déjà à avancer davantage dans la lumière pour qu'ils puissent, à leur tour, se délester de ces legs involontaires. J'aimais cette exigence qu'ils m'imposaient et qui donnait sens à ma décision d'avoir détruit la cellule familiale.

Il faut avoir une musique à soi
pour faire danser le monde.
Friedrich Nietzsche

Grisée par le bonheur de se trouver en tant que maman, elle investit les autres champs de sa féminité, comme un territoire vierge à explorer. À presque trente ans, elle va pouvoir enfin se demander quelle femme elle est ou a envie d'être. Elle a l'impression de recommencer à zéro, d'avoir en main les éléments pour « s'épanouir dans sa féminité », comme le proclament les magazines dont la pile parfaite et inébranlable lui sert de table de nuit. Cette soudaine liberté lui permet de se projeter désormais dans mille vies possibles, elle s'imagine embarquée dans les histoires amoureuses palpitantes de sa meilleure amie, courir les galeries d'art comme sa collègue sans enfants, ou devenir un oiseau de nuit un week-end sur deux. Tout lui semble envisageable pour s'inventer en dehors de la maternité.

Sa libido se réveille. Elle a envie, beaucoup, tout le temps ; le désir est là, indifférent le soir à son rythme acharné, et le matin à la douleur du réveil. Cette révolution l'interroge d'autant plus que son désir n'a aucun objet, flux d'énergie qui la traverse, mais qui stagne le plus souvent au niveau de son bas ventre.

Très attachée à son indépendance, elle décide d'explorer seule cette énergie érotique. Mais la force de son désir est déjà difficile à accepter alors elle est loin d'assumer son envie de se masturber. Le mot en lui-même la gêne. Combien de fois l'a-t-elle dit à haute voix ? Sans doute aucune. Pour les garçons, la masturbation semble s'imposer presque mécaniquement, et il existe un nombre infini d'expressions pour l'évoquer. Elle ne sait même pas si ses copines se masturbent. La faute à son milieu bourgeois ou aux couples qui durent, les discussions croustillantes à vingt ans sont inexistantes à trente. Quand elle parle des hommes avec ses amies, la répartition des tâches revient plus souvent que le dernier cunnilingus. Cette absence révèle un état de fait bien présent. Elles sont des femmes modernes, qui travaillent, sont en couple, ont des enfants, ce qu'elles tentent de concilier avec une vie sociale et un soin de leur apparence et de leur corps. Dans cette panoplie est intégrée une sexualité normale. Faire l'amour une à deux fois par semaine, être un peu plus actif en été et hop, la case d'une sexualité épanouissante, ni trop chaudasse ni trop frigide, est cochée, pas besoin d'en parler.

Voilà qu'elle est retournée à la case départ, prête à se plonger dans l'éducation sexuelle que son école privée catholique avait passée sous silence. Elle découvre des blogs sur le sexe écrits par des femmes, se demande si elle est vaginale ou clitoridienne et se rassure avec les articles sur la masturbation. Elle n'en est pas encore à entrer dans une boutique de sex-toys, bien qu'il y en ait une à deux pas de son bureau. C'est une chose de lire ces blogs seule chez elle, une autre de saluer des collègues en sortant d'un sex-shop. Finalement le récent intérêt de la presse traditionnelle pour ce sujet fait office de déclencheur. *L'allié de votre périnée : le sex-toy* est l'article qui l'autorise à sauter le pas : elle commande sur Internet son premier vibromasseur.

Elle apprend à aimer ce corps qu'elle découvre, espace encore inconnu même après deux accouchements. Elle explore les territoires de l'ultra-féminité, à commencer par la silhouette qu'elle se crée. Elle souligne sa taille, montre ses jambes qu'elle allonge de talons hauts, moule ses fesses vers lesquelles pointent des décolletés du dos. Elle ornemente d'or ses oreilles, ses mains et ses poignets. Elle n'ose pas encore le rouge aux lèvres et préfère noircir ses yeux. Elle prend plaisir à cette mise en scène car, pour autant, elle ne s'expose pas ; elle s'est parée de ce qu'elle imagine être l'armure de la femme moderne, sexy sans être vulgaire, affirmée, mais pas trop.

Elle a besoin de se prouver qu'elle n'est plus la jolie adolescente qui supportait mal d'être exposée, que la sensation d'être une proie s'est transformée en confiance. Sa silhouette ultra féminine en est le test ultime. Bien qu'avant de passer le porche de son immeuble, elle ait encore besoin de se rassurer sur l'absence de provocation de sa tenue, elle assume son envie d'être sexy, sans que cela soit destiné aux hommes.

Aujourd'hui, dans sa jupe crayon, ses escarpins et son blouson court, elle s'amuse de leurs regards, ils glissent sur elle. Elle remarque malgré tout que leur mâchoire inférieure s'avance légèrement, comme une manifestation non contrôlée de leur cerveau reptilien qui range son look du jour dans la catégorie « sexy ». Devant son pantalon large en tweed marine, rouge et blanc, porté avec un pull à motifs dans les mêmes teintes, sur lequel elle a jeté son trench ouvert, leur réaction est différente, ils plissent les yeux, comme s'ils jugeaient sur un plan intellectuel ou du moins esthétique, elle bascule du sexy au bien habillé.

Elle se prépare pour sa première soirée de célibataire. Première soirée, premier coup d'un soir… et elle en tombe amoureuse. Il n'y aura donc pas de coup d'un soir, pas de porte à porte, pas de départ sur la pointe des pieds au petit matin. Parce que c'est lui. Son passé de pirate à défendre les baleines en Antarctique, sa vie au vert hors système, libre des contraintes du quotidien, son aisance quel que soit le contexte social… elle le trouve follement viril. Il s'habille n'importe comment mais a une allure de dingue, une dégaine bien à lui qui fait oublier sa chemisette à carreaux dont elle ne se serait jamais approchée autrement. Sa voiture est dégueulasse mais sa maison magnifique. Il doute de tout sauf de la beauté de la nature. Il adore faire la fête et passe des semaines entières seul avec son herbe. Il n'a besoin de personne mais la désire en permanence. Son regard d'homme aimant confirme avec puissance la femme qu'elle s'évertue à devenir. Cela la désarçonne et questionne sa quête d'identité et d'indépendance. Mais elle prend, elle absorbe tout ce qui continue à la propulser sur la mise en orbite de sa féminité.

Elle l'a croisé dans l'après-midi alors qu'elle accompagnait la classe de sa fille en sortie à l'aquarium. Ils n'étaient que deux à regarder le documentaire sur les requins blancs. Elle avait laissé les enfants avancer dans la visite pour faire face aux immenses images de sa phobie, puisqu'elle apprécie désormais les montées d'adrénaline que lui procurent les moments où elle se confronte à ses peurs. Elle devient presque accro à ces shoots qui imposent, avec frisson et intensité, la vie dans tout son corps. Lui passait le temps entre deux rendez-vous. Il ne tourne pas la tête tandis qu'elle lui jette un œil en se levant pour rejoindre les petits. Quelques heures plus tard, ils sont à la même soirée, elle lui paie un verre et parle des requins blancs, il s'en fout et l'embrasse. C'était une sortie de classe rentabilisée, se dit-elle alors, heureuse de se prouver encore une fois son efficacité endémique.

Elle se retrouve en couple, encore. Amoureuse de l'amour, amoureuse de son corps à lui, elle a peur de s'oublier à nouveau, de se laisser aller à la tentation de la fusion. Mais cet homme qui débarque dans sa vie alors qu'il n'était pas prévu lui offre un magnifique cadeau : de l'espace pour elle-même. Ajouté au temps qu'elle passe seule avec ses enfants, cela ne leur en laisse pas beaucoup pour tous les deux. En vérité, il la tient à distance, peut-être se croit-il menacé par le potentiel chewing-gum de ce poulpe qui se targue de désirs d'indépendance. Ils s'aiment lors de parenthèses qui laissent intacte sa vie de mère indépendante, la dichotomie maman-femme est facile. Elle aime ça et attend un an pour lui présenter ses enfants et rencontrer sa fille.

Leur couple n'a pas d'étiquette, ne tombe sous le coup d'aucune injonction. Ils ne se voient qu'à deux. Elle se réjouit de se rendre seule à ces dîners de couples auxquels son ex-mari et elle participaient avant. Elle y voit une manifestation supplémentaire de son autonomie et une reconnaissance par les autres de sa valeur, puisqu'elle n'est plus invitée en tant que femme de. Son plaisir est progressivement atténué par la gêne d'être le nombre impair de la soirée, gêne qui atteint son paroxysme le jour où la maîtresse de maison, paniquée par le plan de table, décide subitement d'asseoir les hommes d'un côté et les femmes de l'autre. Passées les premières invitations après son divorce, histoire de manifester du soutien, les propositions s'espacent au fur et à mesure que son statut de femme célibataire se confirme. Dans un certain milieu, on s'aime par paire. Elle y apprend la ténacité des habitudes sociales d'une autre génération que la sienne mais qui semblent se transmettre en même temps que le nom de famille et le patrimoine. Pourtant les amis masculins divorcés continuent, eux, à être invités. Son homme n'est pas un secret, mais à le garder pour elle, elle se retrouve socialement mise sur la touche.

En me retrouvant mère célibataire, je n'avais aucun doute sur le fait d'être enfin devenue adulte. En revanche, être femme semblait encore une autre étape, relativement nébuleuse. Je ne m'étais jamais posé de questions puisque j'avais toujours associé la caractéristique « femme » au statut d'adulte, comme un « madame » qui tombait automatiquement à partir d'un certain âge. On en parlait beaucoup sans jamais rien en dire de concret. « Je me suis trouvée en tant que femme », « j'aime la femme que je suis devenue », « je ne me suis jamais sentie autant femme ». Ça avait l'air bien d'être femme et je ne pouvais que constater que ces phrases m'étaient étrangères, je ne m'étais jamais sentie tout court, je n'étais ni trouvée, ni devenue. Il y avait donc bien un sujet à explorer, une quête à entreprendre.

Je pensais régulièrement à une femme croisée quelques minutes dans un magasin, j'avais alors seize ans et me dispensais de toute discrétion. Le bas de son jean roulé sur de jolies sandales plates, son pull noir légèrement transparent, ses cheveux courts bruns, sa peau dorée, ses bracelets argentés et sa façon de porter sa fille sur la hanche. Cette inconnue joua un rôle important dans ma vie. M'avait-elle seulement regardée tandis que je m'étais imprégnée d'elle ? « Plus *grande*, je voudrais être comme elle », voilà ce que j'avais pensé, « et je voudrais qu'on me regarde comme je l'ai regardée. » En sortant du magasin, ma mère m'avait dit : « Je t'imagine bien comme ça plus tard », validant ainsi, par une surprenante concordance, mon nouveau modèle. Sa manière d'être femme m'avait fortement impressionnée. Je pensais souvent à elle, j'avais alors l'âge qu'elle devait avoir quand je l'ai croisée, pourtant je n'étais pas encore elle. Je m'étonne encore de l'importance de cette rencontre sans rencontre, reflétant à quel point les apparences étaient au centre de ma vie.

Je ne connaissais mon corps que dans ses fonctions maternelles, en dehors de cette dimension, il n'en avait presque aucune autre. J'avais un corps de mère mais pas un corps de femme. Le corps de mère avait été ausculté, mesuré, analysé, métamorphosé, vidé, découpé, rafistolé. C'était un corps public que les autres, proches et inconnus, avaient commenté, touché et observé avec l'assurance des propriétaires. Il avait eu quelques mois dans la lumière puis il avait replongé dans le mystère et la gêne. Il était à nouveau devenu un corps de femme dont j'ignorais à peu près tout. Je ne voulais plus qu'il m'embarrasse, je voulais qu'il me serve.

Le choix des vêtements, des chaussures à talons, des bijoux constituait une sorte de rite qui répété de jour en jour me paraissait amener vers l'amour de soi. J'apprenais à faire mienne cette silhouette allongée, flattée, ornementée que j'aimais, je m'autorisais à me mettre en valeur et à le mériter. Cette mise en scène comblait l'écart entre mon identité de femme et mon corps, je franchissais le pas pour réconcilier les deux et embrasser pleinement *la* féminité.

Il m'est impossible d'évoquer la réappropriation de mon corps sans parler du regard des hommes. J'avais la volonté de me soustraire à cette exposition, tout en mettant en évidence ce qui ne manquait pas de les attirer. Je refusais de voir cette ambivalence, convaincue que la mise en scène de la féminité, telle que je l'avais toujours vue représentée, était le chemin pour devenir femme. Je faisais ce cheminement pour moi sans voir que, malgré tout, les regards masculins étaient une forme d'approbation dont j'avais besoin. En mettant en scène les codes de la féminité tels qu'ils avaient été établis depuis toujours par les hommes, je les reconnaissais comme juges. Alors que j'étais certaine d'être dans une réappropriation de mon corps, j'en entretenais la possession par les autres. J'alimentais le système.

La sensation de liberté qui m'avait envahie en prenant la décision de quitter le père de mes enfants avait réveillé des millions de petits capteurs à la surface de ma peau qui avaient soif de sensations. Je démêle difficilement les fils qui tiennent les rênes du désir. Parfois, me sentir désirée pouvait être une condition nécessaire et suffisante. Tous mes efforts pour me réapproprier mon corps de femme semblaient presque inutiles face à ce que provoquait le simple fait d'être désirée par un autre. Le désir de mon homme suffisait à provoquer le mien. Mais si je pouvais l'accueillir sans qu'il me paraisse agressif, intrusif ou menaçant, c'est sans doute parce que je reprenais possession de mon corps et apprenais l'amour de soi. À rechercher mon plaisir, j'invitais le désir pour l'autre.

La rencontre de nos envies a été merveilleuse, elle rendait d'autant plus difficile la résistance que je m'imposais pour ne pas me perdre dans cette nouvelle histoire. J'avais peur de tomber à nouveau dans une relation fusionnelle, de me laisser remplir par l'autre, de vivre sa vie à lui et non la mienne. Une partie de moi hésitait à me lancer dans cette histoire, mais l'autre, celle qui avait besoin d'être aimée, de sentir les contours de son corps définis par la main de l'autre, de chercher son reflet dans les yeux de l'autre, l'emporta haut la main. Se laisser définir par un regard aimant est si facile, je n'avais évolué que sous ces regards, ceux de mes parents, puis celui du père de mes enfants. Est-ce qu'il aurait fallu que je choisisse ma vie plutôt que l'amour, quand l'amour fournit avec abondance l'intensité dont j'étais avide ? Je n'avais jamais fait l'expérience de la solitude, au fond de moi j'en avais peur. Peur de ne pas être en couple comme tout le monde autour de moi, peur d'être face à moi-même alors que ma consistance était encore incertaine. Il faut être heureux dans la solitude pour aimer en toute liberté, je ne l'étais pas encore.

Je méditais sur la normalité
Je méditais sur mon petit garçon
Je ne veux pas qu'il soit exceptionnel
C'est à l'exception que s'intéresse le diable

Sylvia Plath, *Trois femmes, poèmes à trois voix*

Paresse des dimanches matins à se recoucher, euphorie des soirs sans baby-sitter, légèreté des journées sans repas à préparer. Qu'il est bon d'avoir divorcé ! Son plaisir pendant les week-ends sans enfants est à la hauteur de l'énergie qu'elle dépense le reste du temps pour eux. La femme qui travaille et la mère dédiée à ses petits se complètent désormais de la femme qui désire, qui s'intéresse, qui grandit, qui s'amuse. Peu importe l'activité au final, la grande découverte est la solitude que lui offrent les week-ends sans les enfants, bien qu'ils lui aient laissé quelques tâches rescapées du rouleau compresseur de la semaine. La solitude, une inconnue que la rareté rend encore plus désirable. Elle pousse du coude ses activités professionnelles, maternelles et amoureuses pour lui faire une place dans son agenda. Une place fine comme la tranche d'un magazine, certes, mais à laquelle elle s'attache pour ne pas oublier sa volonté d'apprendre à vivre pour elle-même. Une séance de cinéma ou une exposition de photographie en solitaire lui font découvrir des moments de vide, où elle n'est ni mère de, ni femme de, ni salariée de. Des espaces où elle a juste à être elle. Elle savoure cette possibilité de soi, elle jouit de cet espace intime. Son identité s'enrichit de ces différentes facettes qui changent en fonction du contexte, et cela lui semble déjà un exploit.

Une nuit, elle est tirée de sa bienheureuse torpeur par un cri. Elle retrouve son fils les yeux ouverts, un peu sonné, sans doute un cauchemar. Peut-être rêvait-il qu'il devait organiser la garde alternée des Playmobil entre sa sœur et lui ? Elle ne saura rien de son cauchemar, mais le trouve très fatigué au réveil. Les semaines qui suivent, elle l'observe, quelque chose ne va pas. Il est perturbé, différent. Ses cauchemars continuent. Deux ans après la séparation, cet enfant, tellement introverti qu'il semblait indifférent à tout, exprime enfin quelque chose. Ses cauchemars à répétition les ramènent tous les trois, Solal, son père et elle, dans l'étroit cabinet de la petite pédopsychiatre. Mais au-delà de ces cauchemars dont elle ignore la teneur, elle a très peu d'éléments pour expliquer ce qu'elle ressent au plus profond d'elle, et encore moins l'habitude de faire davantage confiance à son ressenti qu'à un argumentaire rationnel. Son intuition de maman ne fait pas le poids face aux arguments du père et de la pédopsychiatre qui, par un tour de passe-passe qui la laisse sur le carreau, concluent tous les deux que Solal va très bien. Il doit donc y avoir un problème entre Solal et elle. Et la petite pédopsychiatre de l'achever : « Je reverrais bien la maman. »

Elle entre alors dans l'immense club des mères qui ont entendu cette phrase, pointant du doigt leur entière responsabilité. À l'origine du monde, à l'origine de tous les maux ? Sur ce terrain-là, personne ne se bat pour prendre leur place… Elle repense aux nombreuses fois où on lui a dit : « Ce bébé est calme comme sa maman », ce qu'elle prenait alors pour un compliment, une manière de souligner que sa nature avait conditionné la personnalité de son bébé. Aujourd'hui, elle découvre le revers de la médaille.

Quelques mois plus tard, le cauchemar change de visage. Alors qu'elle se lève pour le rassurer, elle entend le lit cogner contre le mur et presse le pas jusqu'à la chambre des enfants. Elle voit, éclairé par la lumière du couloir, le petit corps de son fils de sept ans s'agiter, se tordre. Elle court jusqu'à lui, ses bras partent sur le côté, sa tête fait des mouvements saccadés alors que ses yeux restent fixes, sa respiration est suspendue. Elle lui caresse le front, tente de rassembler ses bras, puis ses jambes, lui parle doucement comme si elle le consolait d'une crise de larmes. Elle fait ces gestes spontanément, les seuls qu'elle connaît face à une situation inédite. Tout s'arrête très vite, il est inconscient. Dans le lit à côté, sa fille ne s'est pas réveillée. La nuit reprend son cours et les deux enfants semblent dormir tranquillement, il ne reste aucune trace de ce qui vient de se passer. Elle reste un instant assise au sol, adossée au lit de son fils, elle n'ose pas encore le laisser seul. Elle n'a jamais vu de convulsions, mais elle sait ce qu'est une crise d'épilepsie. Cela ne l'inquiète pas plus que ça, l'épilepsie fait partie des maladies communes avec lesquelles des milliers de personnes semblent vivre tout à fait normalement. Elle se raisonne et retourne se coucher. Un léger voile d'inquiétude se pose lorsque le pédiatre lui suggère de consulter en neurologie à l'hôpital. Malgré les contacts qu'il lui donne, elle met des semaines à joindre une personne à qui elle peut enfin expliquer sa demande. Quelques jours plus tard, la convocation arrive au courrier, un rendez-vous est prévu quatre mois après, au beau milieu de l'été. Si les médecins ne veulent pas le voir plus tôt, c'est que son état n'est pas si grave. D'ailleurs, cela ira sans doute beaucoup mieux d'ici là et elle pourra annuler ce rendez-vous plutôt que de faire rentrer Solal de vacances. Mais les crises ne disparaissent pas avec les beaux jours ; elles sont ponctuelles, espacées mais régulières.

Ils se rendent tous les deux à l'hôpital, elle a toujours géré le médical pour ses enfants, le père de Solal n'assiste donc pas au rendez-vous. Impressionnée par ce nouvel environnement, elle suit à la lettre les instructions de la convocation. Ils arrivent trente minutes en avance pour faire la queue aux enregistrements des patients, courent d'un bâtiment à l'autre pour ne pas être en retard à la consultation. Au sous-sol, ils finissent pas trouver la petite salle d'attente, bourrée de familles et d'enfants énervés. L'ambiance est électrique. Après deux heures et demie d'attente pour voir le neurologue, elle en perçoit la raison. Le rendez-vous est expéditif, elle ne pose aucune question, la longue attente passive a eu raison de son inquiétude, l'observation des autres enfants aux pathologies variées a emmené son esprit loin. Elle n'est plus vraiment là, Solal devient un numéro de convocation, elle se laisse porter par l'environnement à la fois angoissant et émollient de l'hôpital, elle s'en remet au neurologue qu'elle écoute religieusement. Il confirme le diagnostic sur la base de la vidéo d'une crise qu'elle avait eu le sang-froid de filmer une nuit : une épilepsie bénigne qui reste très occasionnelle, et n'entrave ni le développement ni la scolarité de Solal.

Effectivement, la vie de Solal continue : les bons résultats scolaires, le judo, la guitare, les copains et ce petit cheveu sur la langue qui le rend irrésistible. Pendant quelques mois, les convulsions se manifestent sous la même forme, une crise de temps en temps, suivie par une grasse matinée dont il se réveille un peu engourdi avant de reprendre avec son enthousiasme habituel le chemin de l'école. Une nuit d'automne pourtant, trois crises s'enchaînent et le font dormir toute la journée qui suit. Puis le rythme régulier d'un épisode épileptique par mois reprend sans que ses parents s'inquiètent spécialement de ce phénomène qui semble isolé. En réalité, ils ont peu de temps pour s'y habituer. Le Grand Mal est désormais penché sur le lit de Solal, son ombre a chassé les bonnes fées et autres marchands de sable. Le Grand Mal est aussi le nom donné à ces crises généralisées qui terrassent et qui surviennent maintenant par groupe. Une fois par mois, quatre à cinq crises se partagent la nuit. La première ouvre les hostilités. Elle se prépare au combat, éloigne sa fille de son frère et la couche dans son propre lit, déblaye le trajet entre sa chambre et celle de son fils pour que rien ne freine sa course. Elle entasse une pile de linge pour venir éponger les fuites urinaires systématiquement causées par les crises. Elle est presque soulagée qu'il soit trop épuisé pour se rendre compte de son incontinence. De toute façon, il va dormir toute la journée. Elle reste avec lui, elle le laisse seul le temps de conduire à l'école sa fille qui jette un coup d'œil inquiet à son frère avant de passer la porte. Cette toute petite arrive à la maternelle le cœur gros, mais ne laisse rien paraître devant sa mère qui est déjà tellement inquiète et qu'elle voit repartir en courant vers la maison, à peine arrivée devant l'école. Elle ne demande de l'aide à personne pour accompagner sa fille, elle peut le faire, cela fait partie de son rôle, elle doit le faire. Elle ne récupère pas de sa nuit mais profite du sommeil apaisé de son fils pour travailler à distance. Il se réveille en fin d'après-midi dans un état complètement comateux, un bain, un peu d'eau et de compote sont le maximum qu'il puisse supporter avant de se recoucher.

Au printemps, le rythme s'accélère. Quatre, cinq, six, sept, huit crises par nuit. Solal ne se réveille que trente-six heures après. Quatre jours pour se remettre de son épuisement. Deux semaines d'une vie normale, jusqu'à ce que survienne une autre nuit de crises. La nouvelle arithmétique de Solal dicte un rythme infernal et défractionne leur vie. Il n'y a plus de jour, il n'y a plus de nuit. Il n'y a que la veille, le doute, le gris des journées sans frontière où plane la même question : à quand la prochaine crise ? D'une crise à l'autre, les différents scénarios pour organiser sa semaine défilent dans sa tête et la maintiennent éveillée. À deux crises, elle sait que la matinée du lendemain est foutue, au moins jusqu'à l'heure de la cantine où elle imagine déposer Solal. À quatre crises, Solal restera toute la journée à la maison, elle sauvera sa matinée si son père peut le garder, tout dépend de l'heure à laquelle il verra son message. La grande disponibilité de son ex lui apparaît soudain comme une bénédiction. À huit crises se pose la question du lieu où Solal passera la journée. Si son père ne veut pas, encore une fois, le garder chez elle, dans l'appartement qu'il a quitté à regret, il faudra porter Solal jusqu'à chez lui. Finalement elle décide au milieu de la nuit d'annuler ses premières réunions du matin. À moins qu'elle n'arrive à prévenir la nounou suffisamment tôt pour qu'elle vienne assurer la transition avec son ex. Après avoir essayé toutes les configurations de garde possible, elle attendra le dernier moment pour décider du sort de ses réunions qu'elle ne veut pas sacrifier pour l'état de son fils, aussi exceptionnel que fréquent. Les séries de crises sont devenues prévisibles mais leur rythme reste totalement aléatoire et incontrôlable. Aucune anticipation n'est possible.

Un an après la première consultation, le neurologue est beaucoup plus préoccupé, bien que Solal soit toujours aussi vif et souriant. Il suggère un traitement, elle le quitte avec l'ordonnance d'un médicament inconnu. Elle essaie de résumer la consultation au père de Solal, mais sa mémoire, troublée par l'émotion, est très imprécise. L'idée d'administrer à son fils un médicament de la famille des barbituriques, avec son lot d'effets secondaires bien connus, est impossible à envisager pour lui. Elle a également très peur des effets secondaires, de l'immense fatigue, de la perte de mémoire, du trouble de la personnalité. Elle ne sait pas, peu habituée à remettre en question l'autorité imposante du milieu hospitalier. Par facilité et manque d'arguments, elle se rallie au point de vue de son ex. Mais les crises de la série suivante sont plus fortes qu'avant. L'angoisse la saisit, lui tord les boyaux, elle ne peut plus rester passive devant la souffrance de son enfant. Elle supplie son ex de donner son accord pour le traitement, elle est en larmes au téléphone, comment pourrait-il résister ?

La prise de médicaments matin et soir avec son exigence de régularité entre ainsi dans le quotidien de ce garçon de huit ans. Deux fois par jour, elle drogue son fils avec des molécules dont les actions inhibitrices, bloquantes, anesthésiantes résonnent étrangement avec la façon dont elle a pu vivre. Le rythme du traitement est moins soutenu chez son père, elle le sait, il a l'honnêteté de lui avouer chaque fois qu'il oublie de le donner à Solal. Comme une impression de déjà vu, sa légèreté à lui se cogne à sa rigidité à elle et c'est Solal qui prend les coups. À chaque série de crises qui démarre, elle ne peut s'empêcher de l'accuser, au minimum intérieurement, de l'avoir provoquée par l'irrégularité du traitement. Parfois, elle se demande si son insouciance sur le sujet n'a pas comme unique finalité la mise en évidence de sa sévérité à elle, à moins que ce ne soit une forme de résistance contre la manière dont elle se range sans discussion aux avis des médecins. Elle sait que consciemment il ne mettrait jamais en danger la santé de Solal pour un règlement de compte, mais le sujet reste explosif entre eux.

Une fois les enfants couchés, elle guette. Elle se souvient comment son sommeil avait définitivement changé après la naissance de Solal, plus jamais elle ne s'était endormie d'un sommeil lourd et insouciant. Désormais il est léger, un fil prêt à se briser au moindre bruit suspect. Elle ne dort plus en fait, elle somnole. Le matin apporte le soulagement d'une nuit qui s'achève sans crise. Cette nuit, Épilepsie est allée danser plus loin. Ce matin, elle n'a pas à se demander comment déposer sa fille, alors que son fils est K.-O. dans son lit, ni comment le faire garder, ni combien de réunions à animer à distance. Le plaisir d'une journée normale n'a pas d'équivalent. La joie simple de pouvoir emmener ses deux enfants à l'école, de répondre aux premiers mails dans le métro bondé, d'enchaîner les réunions, de déjeuner devant son ordinateur qu'elle pourra ramener à la maison pour finir de travailler après avoir couché les enfants, suffit à lui faire oublier la fatigue. Elle apprécie désormais ce qu'elle considérait avant comme un enchaînement d'obligations.

Ce rythme vient déstructurer la vie déjà peu structurée du père de Solal, il s'accroche pour maintenir un cadre sans pouvoir s'appuyer sur des contraintes extérieures dont sa profession libérale le dispense. Sa disponibilité est sans limites pour les besoins de son fils. Si Solal doit rester à la maison, il le garde toute la journée, sans jamais demander d'aide à son ex. Il travaille de moins en moins, vit de plus en plus au rythme de son garçon. Parfois lui vient l'urgence d'aller marcher, il convoque alors voisins ou amis du quartier pour garder les enfants le temps d'évacuer la pression qui le fait soudainement suffoquer. Elle ne change rien à son rythme professionnel, sa présence au bureau lui offrant le cadre auquel elle se tient pour compenser le flou chaotique à la maison. Ses week-ends sans les enfants ont déjà moins le goût de l'insouciance retrouvée. Elle tait son inquiétude pour préserver la légèreté des parenthèses amoureuses avec son homme mais est tendue vers son téléphone attendant les nouvelles de la nuit, prête à aller chercher sa fille à tout instant. Les nuits blanches une semaine sur deux commencent à sérieusement entamer son envie d'autre chose que de repos, mais elle ne lâche pas encore et s'accroche autant qu'elle peut aux mercredis soir et week-ends de liberté que la garde principale des enfants lui octroie. Quelques sorties avec ses amies, un petit peu d'expositions, du sport à peu près régulièrement… Jusqu'ici, elle maintient le cap.

Je savais déjà que mon fils n'allait pas bien, bien avant l'irruption d'Épilepsie dans sa vie. Il ne s'agissait pas d'une de mes inquiétudes de mère, alimentées par la peur d'avoir mal fait, mal couvert, mal nourri, mal surveillé... Non, cette crainte était une toute petite voix à l'intérieur de moi, cette intuition trop rarement écoutée pour s'exprimer autrement que par un léger murmure, trop évasive pour être formulée en mots. Il faut être sujet de sa vie pour écouter son intuition, je ne l'étais pas encore. Puisque j'étais la seule à penser qu'il y avait un problème, j'étais donc peut-être le problème. Sophisme implacable me pointant déjà coupable d'une difficulté non identifiée, ce que j'acceptais sans broncher, la longue expérience de la pédopsychiatre me semblant bien plus fiable que mes quelques années de maternité vécues en surface.

Et elle faisait figure d'autorité, ce qu'on m'avait toujours appris à respecter, voire à vénérer.

Si je n'avais pas accepté cette entière responsabilité aussi vite, si je m'étais débattue contre cette culpabilité qu'on me collait d'office, si j'avais su démontrer les signes de mal-être de mon petit, aurais-je pu détourner Épilepsie de sa trajectoire avant la collision avec lui ? Je me le suis longtemps demandé. Sept ans plus tard seulement, j'aurai la confirmation scientifique de l'origine de son épilepsie, écartant la piste d'une origine psychique. Entre-temps, je n'osai pas une seule fois interroger les causes de la maladie. Je taisais mes interrogations, déjà coupable, j'avais peur que les réponses viennent aggraver mon cas.

Je n'ai finalement pas eu à affronter la pédopsychiatre lors d'un tête-à-tête inquisitoire. Les premières crises imposaient une autre réalité, le problème était devenu évident, éclatant, incontournable. Les neuf premiers mois d'Épilepsie, alors qu'elle était encore au stade bénin, m'avaient plongée dans une sorte d'attente. J'attendais la convulsion et me rassurait qu'elle soit unique, espacée de plusieurs semaines de la précédente et avec une force équivalente. Il ne me semblait pas que mon fils était malade, il fallait juste gérer cette nouveauté. Mais l'arrivée des séries m'a vite rendue nostalgique de ces premiers mois. Je n'attendais plus les épisodes, je les redoutais car ils gagnaient progressivement en puissance et en nombre. Mes journées étaient tendues vers l'angoisse des nuits, j'étais incapable de me projeter plus loin. Je ne savais pas quoi penser de ce qui nous arrivait, je n'analysais rien, je prenais les crises comme elles venaient. Épilepsie avait littéralement débarqué dans nos vies, presque du jour au lendemain, peut-être qu'elle repartirait comme elle était venue. Il m'était d'autant plus difficile de comprendre la situation qu'entre les épisodes épileptiques, la vie reprenait son cours normal pendant quelques semaines, nous bernant par son maintien mensonger de la normalité. Pour tous, il était difficile de réconcilier la gravité de la situation et la vision de mon fils qui semblait en parfaite santé le reste du temps. Puis très vite, nous ne comprîmes plus rien, je ne savais pas en parler ni expliquer à l'entourage le rythme effréné des crises qui s'était installé en un éclair. Les mots n'avaient aucun sens, parlait-on d'augmentation, d'accélération, de pic, quand il s'agissait des convulsions, des séries, de la fatigue ? Ou bien de baisse, de ralentissement, de perte quand il s'agissait de ses facultés, de son cerveau, de son autonomie ? Tout était paradoxal dans cette nouvelle dimension, flottant sans pesanteur, nous nous accrochions les uns aux autres comme nous le pouvions.

Quand ma fille comprenait que je ne réveillais pas son frère pour aller à l'école, je ne trouvais rien d'autre à lui dire que : « Il ne faut pas faire de bruit, il faut le laisser se reposer, il n'était pas bien cette nuit. » Fin de l'explication, mise en sourdine de son activité matinale et de ses inquiétudes, utilisation de la syntaxe de l'obligation pour écraser nos angoisses par nos devoirs. Mon fils bénéficiait du même discours quand il émergeait en cours de journée. « Tu as fait quelques crises », le nombre n'était jamais prononcé, seulement noté sur un petit carnet dont les colonnes encensaient Épilepsie, « tu dois te reposer. » Il ne répondait pas, pas un mot ni un son depuis les cris de la nuit. Jamais je ne lui demandais comment il se sentait ni de quoi il se souvenait, de quoi il avait peur. Tout cela n'avait aucun sens, le verbe me manquait et je manquais de paroles envers mes enfants. Le gris était revenu et devenu silence. Je restais à l'extérieur des événements et de mon ressenti. J'étais incapable de reconnaître la gravité de ce qu'on vivait puisque je ne connaissais pas la gravité de la vie, tout avait toujours été clair sur le grand ruban bleu et ces flashs qui pilonnaient nos nuits ne ressemblaient à rien de ce que j'avais déjà connu ou projeté.

Face au neurologue, les mots me manquaient également. J'entendais son ignorance sur l'origine et le type d'épilepsie de mon fils et n'osais le questionner. J'aimerais pouvoir dire que je me suis battue pour obtenir le deuxième rendez-vous, mais ce ne fut pas le cas. Je ne savais pas contre quoi me battre, l'hôpital me faisait l'effet d'un grand bloc qui devenait mou quand on s'y heurtait. Le standard du service de neurologie sonnait dans le vide malgré les horaires de permanence que le répondeur me ressassait, espérant me convaincre de rappeler dans le bon créneau, ce que je faisais déjà. J'essayais de deviner les e-mails des différents secrétaires, internes, cliniciens à partir de leurs noms entendus à gauche à droite. Mais toutes mes actions se perdaient dans l'immensité de l'hôpital, je ne me confrontais à rien ni à personne. Chaque fois que je m'enfonçais dans le mou de la structure hospitalière, je devenais totalement passive. Il fallait qu'on me dise ce qui était bien pour mon fils, d'autant que j'avais confiance en ce service des épilepsies rares où il était suivi, il ne pouvait être mieux pris en charge. Passivité, confiance et émotions me dessaisissaient de toute volonté.

Dans les nuits avec sommeil, celle où je ne le veillais pas, mon fils disparaissait de mon rêve.

À nouveau, je devais grimper les rues montantes, les jambes entravées, condamnée à l'extrême lenteur tandis que je jouais une course contre la montre. Il fallait que je retrouve mon fils avant qu'Épilepsie ne tombe sur lui, mais tout me retenait. Je ne savais comment franchir l'immense crevasse entre la gravité de sa maladie et mon impuissance.

Tu souris petite
Mais tu te tais tu te tends.
La fin sera plus triste
Tu le sais tu le sens.

22 h 22, *Petite*

Des courbes longues et amples, vertes sur un fond noir. L'électro-encéphalogramme est joli, mais ne dit rien de beau. Le cerveau de Solal ralentit sous l'effet des séries de crises qui l'épuisent. Ces dernières gagnent en intensité et lui arrachent un cri de plus en plus fort. Il n'a plus le temps de récupérer entre deux séries, à peine retrouve-t-il des journées sans fatigue qu'une nouvelle vague épileptique le recouvre. Les nuits où il est repris par ces lames de fond auxquelles on ne peut l'arracher sont de plus en plus nombreuses. Une longue noyade qui attend que l'espoir d'une accalmie soit au maximum pour le couler à nouveau. Épilepsie est sans merci. Elle l'éloigne de la rive, inexorablement.

La première corde qui lâche est l'école. L'école publique, l'école pour tous. Après plusieurs jours d'absence et autant à rattraper, Solal retrouve épuisé sa classe de CE2. Les effets des crises couplés à ceux du traitement altèrent considérablement ses facultés. L'effet le plus visible est la diminution de la mémoire immédiate, comme une vieille personne dont le cerveau n'enregistrerait plus. Il est assis au premier rang, boit les paroles de la maîtresse, ne perd pas une miette des leçons. Il ne bavarde plus avec ses copains pour se concentrer au maximum. Il comprend, mais n'arrive pas à retenir. Recopier une leçon écrite au tableau devient une épreuve. Il écrit un mot, mais a déjà oublié le second. Il regarde le tableau, mais ne se souvient plus de ce qu'il a écrit alors il ajoute les mots comme il peut, en pensant suivre le fil. Les contrôles deviennent une course contre la montre, son cauchemar est la double consigne : souligner dans chaque phrase les groupes sujet et les remplacer par des pronoms. À la première phrase, Solal remplace tout par des pronoms, la première partie de la consigne s'est déjà échappée de son esprit. À la deuxième phrase, il ne souvient plus de la consigne et la relit plusieurs fois. Quand il faut rendre sa copie, il a fait à peine un quart des exercices. Lorsqu'il rentre de l'école, Solal s'acharne sur ses devoirs, ligature sa mémoire comme il peut pour enfermer ses leçons à double tour dans sa tête. Mais le lendemain, il a presque tout oublié et arrive à l'école la tête vide. Il doit recommencer, sans cesse, apprendre mille fois ce qu'il a déjà appris. Il est enfermé dans cette éternelle répétition à laquelle il se prête sans se plaindre, concentré sur ce qu'il doit faire. Apprendre, apprendre, apprendre. Oublier, oublier, oublier.

Les devoirs plongent sa mère dans le désarroi le plus total et lui brisent le cœur. Faut-il solliciter le cerveau de Solal, compenser le dysfonctionnement par un entraînement intense ou au contraire écourter les devoirs pour le laisser au repos ? Elle essaie de les fractionner, quinze minutes de travail, quinze minutes de pause. Mais Solal, malgré toute sa bonne volonté, se plie avec difficulté à ces exercices qui n'en finissent jamais. De son côté, son père préfère le laisser se reposer. Sans conviction sur ce sujet dont elle ignore tout, et sans conseil extérieur, elle finit par se ranger à son avis et laisse Solal jouer avec sa petite sœur. Étonnamment, son imagination ne semble pas amoindrie par la maladie et leurs histoires sont toujours aussi riches. Solal trouve moins ses mots mais cela trouble peu sa sœur qui remplit simplement les trous dans les phrases, comme si cela faisait partie de leurs jeux.

La maîtresse et la directrice connaissent l'état de santé de Solal, mais souffrent d'une rigidité pathologique. Elles ne semblent pas comprendre pourquoi ses résultats sont si mauvais. La découverte de sa maladie neurologique alors qu'il avait d'excellents carnets les trois dernières années n'explique pas, selon elles, la chute de ses notes en milieu d'année, elles lui reprochent un manque d'effort. Solal sort du troupeau, il est à la marge du groupe et cela, elles ne le lui pardonnent pas. Qu'il ait été un très bon élève tirant ce fameux groupe vers le haut leur est indifférent. Aujourd'hui, il n'est pas dans cet amas d'élèves moyens et c'est tout ce qui compte. Elles n'entendent pas ses appels à l'aide.

Personne n'a envie d'être le parent d'un enfant à problèmes scolaires, elle se sent petite fille subissant les regards sévères du corps enseignant. On reproche à son fils sa paresse, son niveau intellectuel, c'est à elle qu'on le lui reproche. Elle est toute petite face à la directrice et à la maîtresse qui l'enfoncent sous la liste des difficultés de Solal. Elle rétrécit au fur et à mesure, ses pieds ne touchent plus sol. Elle a huit ans elle aussi et voudrait qu'on appelle ses parents. Elle minimise et minaude pour donner envie à la maîtresse de s'adapter, ne serait-ce qu'un tout petit peu. Elle sort de ces rendez-vous en ayant mal. Mal des difficultés de son enfant, mal de cet échec scolaire qui vient entacher la réussite de sa vie, mal de cette infantilisation.

Un mois avant la fin de l'année scolaire, la maîtresse accepte enfin d'adapter les contrôles de Solal : plus courts, consigne séparée. Mais c'est trop tard. Rien n'est fait pour rattraper l'enfant qui fait un pas de côté. Au contraire, ce pas devient un rail qui l'éloigne définitivement du chemin initial. Au bout de quelques mois, l'écart est devenu abyssal. Le dernier bulletin de l'année le crucifie. Pas un élément positif ni un encouragement, aucune mention de sa concentration, de ses innombrables efforts pour ne pas lâcher la corde. Que du négatif. Une litanie de reproches écrite par une maîtresse engluée dans la médiocrité d'une vie sans empathie. Alors tous ces mois à négocier, à courber l'échine, à ne pas la confronter à ses devoirs d'enseignante ont donné ce résultat. Elle en a le souffle coupé. Son immaturité a permis qu'on blesse son enfant, qu'on lui fasse du mal, lui qui souffre déjà. Le coup tue la petite fille en elle. Plus jamais elle ne se laissera infantiliser quand il s'agira de défendre ses enfants, plus jamais elle n'abandonnera son devoir premier de maman, protéger ses petits. Et si la maîtresse croise son chemin, qu'elle prenne garde au coup de tête d'une mère en colère. Elle rêve de cet acte libre, socialement hérétique.

L'année suivante est un long désert scolaire. Le cerveau de Solal s'est transformé en sables mouvants dans lesquels disparaissent toutes ses leçons. Puis il engouffre aussi ses mots, son vocabulaire du quotidien, ce qui vient stopper ses phrases en plein vol. Solal est un zombie que ses copains ne reconnaissent plus, trop fatigué, trop absent, trop différent d'eux. Sa présence à l'école est trop sporadique pour qu'un auxiliaire lui soit attribué. Il y passe deux jours puis les crises devenues quotidiennes le bloquent à la maison pour deux semaines. Il fait de longs séjours à l'hôpital pour essayer de nouveaux traitements, mais rien n'endigue la montée en puissance d'Épilepsie. Elle embauche une nounou à plein temps, une nounou classique habituée à garder des enfants en bonne santé. Elle ne sait pas où ni comment trouver une aide spécialisée, tout va trop vite, elle pare au plus pressé. Les premières semaines, la nounou semble s'habituer à la fatigue de Solal et à ses difficultés d'expression. Elle est douce et maternelle, sa mère part travailler en toute confiance. Mais Épilepsie, moins accommodante, décide de tester la nounou recrutée si rapidement. Elle fait démarrer une série de crises en pleine journée, dans l'escalier de l'immeuble, au retour de l'école. La nounou porte comme elle peut le corps inconscient de Solal. Une deuxième crise lui cogne brutalement la tête contre la cheminée alors qu'il venait de se remettre debout. Ils sont chez le père ; arrivé peu après, il appelle les pompiers. Elle reçoit le coup de fil affolé de la nounou, trop paniquée pour expliquer ce qu'il se passe, les seuls mots qui viennent sont « les pompiers... Solal... les pompiers ». Ils ne la reverront pas. L'épreuve imaginée par Épilepsie a été magistrale, bien que la chute de Solal n'ait finalement pas provoqué de traumatisme crânien. La douce nounou, mère de quatre garçons, n'a pas supporté de voir un enfant pris dans ce tourbillon de violence et de souffrance. Qui pourrait la blâmer ?

Elle retrouve vite une autre nounou dont le calme et la placidité lui paraissent à la fois louches et salvateurs. Elle est impassible devant les crises de Solal, peut rester des heures à le veiller sans bouger un cheveu. Stoïque ou apathique, son état de fatigue permanent laisse la mère de Solal très perplexe. Mais elle n'a pas le luxe de se poser ces questions, tant que la nounou prend soin de Solal et ne les plante pas, c'est celle dont elle rêvait.

À la rentrée d'après, l'enseignante de CM2 vient sauver l'honneur de l'école publique. Elle demande à ce que Solal reste dans la même promotion que ses copains, dans sa classe où il se rend une heure par semaine pendant laquelle elle lui organise un atelier avec les autres enfants. Une heure hebdomadaire semble peu, mais c'est déjà énorme comparé au chaos de l'année précédente. Solal voudrait y aller tous les jours, mais il n'est plus assez autonome. Le matin, alors qu'il accompagne sa sœur à l'école, il supplie la nouvelle directrice de le laisser entrer : « Je n'ai pas fait de crise, je peux aller à l'école », essaie-t-il de formuler. La directrice regarde sa mère les larmes aux yeux, toutes les deux désemparées par sa détresse. Comment interdire l'école à un enfant qui en meurt d'envie, qui voudrait juste pouvoir s'asseoir au fond de la classe avec les autres, même s'il est épuisé, même s'il ne comprend rien, juste être là avec les autres enfants et pas seul à la maison ? Elle n'a pas le courage de le contredire : « Non, mon bébé, cette nuit, Épilepsie ne t'a pas laissé tranquille ; elle t'a volé ton cartable et tu ne pourras même pas lui casser la gueule à la récré. » Elle ne veut pas non plus que ce soit l'argument facile qui dédouanerait l'école. Il suffirait juste que quelqu'un reste avec lui, le guide jusqu'à la classe ou la récréation, mais cela n'existe pas. Le père de Solal s'est même proposé pour être la présence qui l'accompagnerait quelques heures à l'école, mais on le lui a refusé. Alors elle ne dit rien et leur silence est aussi violent que la grande porte de l'école qui se referme sur Solal, avec tous les enfants à l'intérieur, même les retardataires qui se faufilent, le laissant sur le trottoir déserté.

Rien ne m'a jamais paru aussi émouvant que la lutte de mon fils contre la perte de ses facultés. Ce spectacle m'étreignait le cœur, plus qu'Épilepsie elle-même. Peu de temps auparavant, je tenais la selle de son vélo tandis qu'il pédalait sans petites roues, l'encourageant de mes cris, courant à ses côtés jusqu'à ce qu'il ait suffisamment d'équilibre pour se lancer seul. Il apprenait, il progressait, il prenait son envol. Désormais, je le voyais se débattre avec sa mémoire, lutter pour retenir les mots, batailler contre l'oubli. C'était un guerrier de lumière, se battant pour la connaissance et le langage. Seul dans son combat, sa volonté comme seule arme, je le regardais, impuissante. Le pire n'était pas tant la défaillance de son cerveau que la conscience qu'il en avait. Les difficultés s'étaient installées très vite mais suffisamment progressivement pour qu'il s'en rende compte. De jour en jour, il ne pouvait que constater son incapacité à apprendre, voire à se souvenir de ce qu'il savait la veille. Comme une paralysie qu'on observe gagner progressivement le corps tout en sachant qu'un jour, elle le possédera totalement.

Cette dégradation s'arrêterait-elle ? Retrouverait-il ce qu'il avait appris ? Serait-il capable d'apprendre à nouveau ? Personne n'en savait rien, je n'en savais rien, je ne savais que le silence d'un témoin et la tristesse d'une mère. J'apprenais qu'on pouvait faire tous les efforts possibles, s'acharner à la tâche et faire de son mieux, le résultat pouvait malgré tout ne pas être obtenu. Tout n'était donc pas une question de volonté, la vie avait choisi mon fils pour me le démontrer. Pourquoi ne me l'a-t-elle pas appris directement ? Pourquoi l'a-t-elle obligé à souffrir alors que j'aurais donné neuf vies pour l'épargner ?

On piétinait le droit de mon fils à l'éducation, à la vie sociale, il y avait de quoi se révolter. J'enrageais que toutes ces années à être le bon petit soldat n'aient pas accumulé des crédits d'aide et de soutien en cas de faiblesse. L'aspect rassurant du système n'était qu'un écran de fumée. Il n'y avait qu'une façon d'y appartenir : en le suivant, en l'alimentant de sa vie bien cadrée. Tout pas de côté révélait son intransigeance et vous excluait sans aucun état d'âme. Il faut être sortie du cadre pour prendre conscience de l'inconsistance du système, je ne l'étais pas encore. Mon fils n'était plus le bienvenu à l'école et nous nous retrouvions dans un *no man's land* dans lequel je me perdais. J'étais prise dans les phares d'un quinze tonnes qui me fonçait dessus. Je gigotais dans tous les sens entre les rendez-vous médicaux, l'école, le travail, les problèmes de garde. Je sprintais dans une fuite en avant avec l'espoir, au fond de moi, que les choses s'arrangeraient et qu'il fallait juste tenir.

Les gens seront aveugles, handicapés et faibles.
Les forêts deviendront des maisons…
Les maisons deviendront des boutiques…
Les temples seront en vente…
On y mangera des noix de bétel…
Le fils dévorera le père,
Et le père, le fils…
La pluie succédera à la pluie.
Les moissons cesseront de rendre.
Puis viendra la canicule…

Kali Yuga

Une longue pente, lisse et glissante, dont l'extrémité disparaît dans l'ombre. Ils sont sur cette pente, tous ils patinent, Solal en premier, ils s'accrochent là où il n'y a aucune aspérité pour freiner cette descente à un train d'enfer. En vain, la glissade infernale continue, sans palier, sans espoir qu'un jour, ils touchent le fond. Pourtant, tout va si mal que c'est forcément le fond. Mais non, ils continuent à descendre plus bas, témoins impuissants de leur chute.

Épilepsie s'est octroyé une place de choix dans la famille, elle y règne sans pitié, balayant d'un revers de la main les moments de joie du quotidien. Elle leur impose un nouveau vocabulaire ; vigilance, souffrance, angoisse ont désormais remplacé légèreté, calme et avenir. Elle les met au pas, au rythme des crises qui scandent chaque journée et chaque nuit. Elle leur a volé leur vie, celle de Solal, mais aussi celle de toute la famille. Son ex ne peut plus minimiser la puissance d'Épilepsie, ils encaissent tous les deux en silence, n'arrivent plus à en parler ensemble. Elle voit la tristesse dans son regard, perçoit à quel point il est blessé, leurs yeux se disent des « je sais », c'est leur maximum. Leurs seuls échanges consistent à s'envoyer les performances chiffrées d'Épilepsie.

Celle-ci est incontrôlable ; les médicaments n'y font rien, elle y résiste haut la main. Pire, chaque traitement qui échoue semble la renforcer ; plus elle est attaquée, plus elle est forte. C'est invraisemblable. Le sixième traitement a encore échoué, Épilepsie est plus grosse que jamais. À dix ans, Solal bat désormais tous ses records et culmine à plus de cent crises par mois, cent crises généralisées, sans compter les crises partielles dont les tremblements et absences s'égrènent tout au long de la journée. Alors, ses parents décident d'arrêter de nourrir le monstre, fini les psychotropes, Épilepsie passe au régime sec. Elle n'en desserre pas moins son emprise sur Solal dont le visage blanc détonne au milieu de ces énormes tentacules noirs qui le broient.

Les nuits sont hachées par ses cris devenus inhumains, presque d'outre-tombe, impensables de la part d'un enfant de dix ans. Son corps s'arc-boute, ses membres frappent le vide, les veines de son cou sont sur le point d'exploser, sa tête est figée, il ne respire plus, son visage se vide de son sang, devient blanc, ses lèvres bleues puis violettes ; reviens-moi mon fils, reviens-moi, le dernier soubresaut, et il retombe inerte, tel un pantin désarticulé, ou une bête qu'on aurait abattue, l'écume encore à la bouche. Ses yeux ouverts n'expriment rien dans les instants qui suivent la crise, seuls les battements affolés de son cœur et l'intense chaleur de son corps rappellent qu'il est en vie. Mais est-il vraiment vivant ? N'y a-t-il pas une partie de lui-même qui meurt à chaque crise ? Un neurone ? Un souvenir ? Une envie ? Elle ne s'habitue toujours pas à ce cri bestial qui déchire la nuit, la fait bondir hors de son lit comme si elle était sur une chaise électrique. Elle est dans un entre-deux de conscience, ni endormie, ni réveillée, elle heurte les murs, mais ne sent rien, traverse l'appartement à une vitesse improbable pour enlacer celui qui est *inenlaçable*.

À l'horreur des crises vient désormais s'ajouter l'insoutenable inertie de Solal. Il passe de son lit au canapé, il ne regarde pas par la fenêtre, il regarde le sol, il bave, ses mains pendent, les poignets tournés vers l'intérieur. C'est la glace cachant le feu. Plus l'intérieur de son corps s'agite, son cerveau en feu d'artifice permanent, plus Solal s'enfonce dans l'immobilisme. Son corps bouge de moins en moins, sa bouche ne prononce plus de mots et bientôt ses yeux deviennent fixes, perdus dans le néant. Épilepsie n'a pas le droit de faire ça, c'est interdit de couper le lien entre un enfant et ses parents, un frère et sa sœur. Plus de mots, plus de regards, plus de pont pour franchir le gouffre que la maladie crée autour de lui. Elle voit son fils s'éloigner dans le brouillard, sa main qui s'échappe de la sienne malgré toute la force avec laquelle elle crispe ses doigts. Rien n'y fait, la petite main glisse, froide et molle, il s'éloigne. Il n'est plus question d'école, de copains, de lien social. Il n'y a que l'isolement à l'intérieur de l'isolement.

Elle se souvient des rires de Solal. Elle avait plus d'humour que le père de ses enfants. À la maison, les expressions *trash* ou absurdes, c'était elle. Elle voulait que son fils soit drôle. Un homme drôle, c'est irrésistible, non ? Mais autant Solal était sensible à l'humour, le premier à rire d'un rien, autant il n'était pas fait pour faire rire, ce constat l'avait un peu déçue. Mais maintenant qu'il ne rit plus, qu'il ne sourit plus, elle s'en fout qu'il soit drôle. Un homme drôle, c'est lourd, non ? Il peut devenir l'enfant qu'il veut, un garçon improbable, mais il ne peut pas la priver de ses sourires. Rarement, le temps d'un regard ou d'un mot qui reste en suspens, le brouillard se dissipe légèrement. Elle s'y accroche, tente d'en percevoir le sens, de profiter de cette trouée pour le solliciter, elle répète le mot, prend son visage entre ses mains pour capter à nouveau son regard, mais rien. La lueur s'est éteinte aussi brusquement qu'elle est apparue.

Bientôt, ce n'est plus qu'un corps qu'il faut changer, laver, habiller, nourrir, faire marcher. Elle retrouve, dix ans plus tard, les gestes qu'elle lui prodiguait bébé, la petite cuillère dans la bouche, l'immersion dans le bain, les bras qu'on tient pour marcher. Mais sans les émotions du bébé, sans son émerveillement, sans ses pleurs ni ses joies. Juste un corps de trente-cinq kilos. Dans les premières années de Solal, elle souffrait de ne pas trouver sa place comme maman. Eh bien, le boomerang lui revient en pleine tête. Elle voulait que son fils ait besoin d'elle, c'est fait, il n'a jamais été aussi dépendant. Épilepsie lui offre l'occasion de revivre ces moments-là, le bonheur en moins.

Une nuit, elle se lève, pourtant elle n'a pas entendu de cri. Pour une fois, elle marche à un pas normal vers la chambre de Solal, ne prend pas la peine d'allumer. Ce n'est qu'arrivée dans sa chambre qu'elle entend des bruits étouffés. Solal convulse la tête dans son oreiller, c'est presque la fin de la crise et il retombe inconscient, le visage enfoncé jusqu'aux oreilles. Il étouffe. Trop lourd pour qu'elle le retourne vite, elle lui arrache l'oreiller et lui soulève la tête, elle entend enfin le râle d'une grande inspiration. Elle retrouve ensuite les gestes qu'elle exécute machinalement après une crise, puis retourne se coucher. Une fois dans son lit, le regard au plafond, elle comprend soudain : son fils a failli mourir, elle lui a sauvé la vie. Pendant les jours qui suivent, elle est incapable d'en parler et pourtant ne cesse de se le répéter. Mon enfant a failli mourir, je l'ai sauvé, il a failli mourir et je l'ai sauvé, je l'ai sauvé. Elle ne sait pas ce qui l'effraie le plus : l'idée qu'il soit passé si près de la mort ou le poids de son rôle de maman dans sa mission la plus primitive : faire vivre sa descendance. Pourtant il n'y a rien de naturel à voir son fils faire, toutes les nuits, un pied de nez à la vie, goûter un peu à la mort. À quoi joue-t-il cet enfant qui ne veut pas que sa mère lui échappe, qui préfère en mourir, jusqu'à quinze fois par nuit ? Il s'éloigne d'elle, il l'éloigne d'elle-même. C'est un tango macabre, il lui échappe, elle le rattrape, et il l'emmène sur le territoire des mères éplorées, des *mater dolorosa* qui, un jour, ont dû faire face au mensonge de leur toute-puissance. Parce que ce n'est pas vrai, la vie des enfants ne dépend pas de leur mère, on veut leur faire porter l'entière responsabilité parce que ce sont elles qui donnent la vie. Mais c'est trop lourd, c'est un fardeau inhumain que de devoir insuffler cette vie, encore et encore, car ce n'est pas la première fois qu'elle le voit mourir. À la première crise qu'il avait fait debout, son torse s'était tendu vers l'avant tandis que ses épaules étaient projetées vers l'arrière. Épilepsie lui avait lâchement tiré dans le dos. Sous l'effet du projectile, son corps s'était offert un instant au ciel avant de s'écrouler sur le cadre en bois de son lit puis de glisser à terre. L'état de guerre était bel et bien déclaré, il n'y aurait plus de trêve. À la veille de la nuit s'était soudain ajoutée l'inquiétude des jours. Elle lui donnait déjà ses nuits, doit-elle lui donner aussi ses jours et se priver de l'exil que lui offre son travail ?

Elle se confronte régulièrement à son impuissance, elle sait d'avance les nuits où la série de crises sera plus longue, mais elle ne peut rien y faire. Elle n'en a pas le pouvoir. Elle lui lit une histoire, le câline et lui ment : « Bonne nuit mon Amour. » Elle peut juste voler au secours de son enfant à chaque crise, dormir au pied de son lit quand elles sont trop rapprochées et malgré tout, malgré toute son impuissance, sentir qu'elle tient la mort à distance.

Elle est paumée. On dit que ce sont les enfants qui font les mères, mais que fait-il d'elle entre ses silences et ses cris ? De quelle mère a-t-il besoin ? Quelle mère doit-elle devenir ?

Je ne pouvais rien pour lui. Parfois, mes chatouilles faisaient apparaître un sourire léger qui passait fugacement avant que son corps et son visage ne reprennent leur immobilité. C'était rare, le plus souvent elles ne provoquaient rien ; qu'une réaction purement physique comme celle-ci puisse être anesthésiée à ce point me laissait entrevoir l'immense fatigue de son cerveau et de son corps, qui démissionnaient même des réflexes. En dehors de ces infimes victoires, il n'avait rien à ma portée. Je désespérais de pouvoir lui offrir un peu de répit, empêcher que ce soit systématique chaque nuit, qu'il puisse récupérer, souffler, reprendre un peu contact avec nous, revenir à la vie. Comment une maladie pouvait-elle enfoncer un enfant encore et encore, sans raison, sans explication, sans solution ? Pas ses sourires, prenez tout mais laissez-moi ses sourires. J'acceptais de me passer de ses mots, on trouverait toujours une manière de communiquer, mais ses sourires, non, impossible. Le monde semblait trop loin de lui pour l'émouvoir. Je voulais comprendre ce qui se passait dans sa tête. Certains souvenirs le faisaient-ils sourire intérieurement ? L'extrême lenteur de son cerveau différait-elle une réaction émotionnelle vers un temps où on n'attendait plus rien ? Ses propres idées lui procuraient-elles des émotions ? Je ne pouvais me résoudre à envisager que son apathie ne reflète que du vide. Quelque chose vibrait encore en lui, c'était forcé.

Je ne me souvenais plus de mon fils avant tout *ça*. À quoi ressemblaient nos journées ? À quoi jouait-il ? De quoi parlait-il ? Une lune noire avait plongé nos vies dans la pénombre la plus totale et éclipsé nos souvenirs. Je ne voyais plus la vie avant, je ne voyais plus la vie après. Il n'y avait que le noir de nuits de souffrance. J'étais en deuil de mon fils, de ce qu'il avait été, de ce qu'il aurait pu devenir, de notre passé, de notre avenir. Je ne retrouvais plus aucune similarité entre lui et le garçon d'avant, il était si différent. Ce petit garçon avait définitivement disparu. Pourtant c'était toujours mon fils, la douleur dans mon corps me le confirmait à chaque crise. C'était un deuil impossible. Comment accepter de faire le deuil tout en gardant l'espoir de sa guérison et d'un retour utopique à son état *normal* ? Comment parler du deuil de son fils alors qu'il est encore vivant ?

Tout était tristesse. Ses anniversaires ou Noël encore plus que le quotidien. Ils me rappelaient mon incapacité à lui faire plaisir, à lui réchauffer le cœur et créer une étincelle dans son regard. Tous me demandaient que lui offrir, et aucun ne réalisait la cruauté avec laquelle leur question me poignardait : je ne savais pas, je n'en avais aucune idée. Dans les magasins de jouets, j'évitais comme je pouvais les questions des vendeurs qui tentaient de cerner mon besoin : « C'est pour un enfant de quel âge ? Est-ce qu'il sait déjà lire ? Est-ce qu'il aime les jeux de construction ? » J'achetais le cœur au bord des lèvres des jouets pour des enfants de trois ans, j'ouvrais le paquet pour lui, il les regardait à peine, les jouets s'accumulaient, intouchés dans sa chambre. Je ne voyais que ses mains froides, toujours froides parce qu'inertes, elles m'effrayaient ces mains où le sang ne circulait plus. Elles aussi avaient démissionné. Cette tristesse me mettait à fleur de peau. Tout me touchait, tout me blessait et me remplissait de rancœur.

Qu'ai-je ressenti alors que je sauvais mon fils de l'étouffement ? Je n'en ai aucun souvenir, sans doute rien, à moins qu'au contraire la douleur ait été si violente que mon esprit lui a ouvert la trappe des traumatismes. « Mal joli, si tôt fini qu'on l'oublie », j'étais censée avoir été faite par la nature – ou, je le crois davantage, conditionnée – pour oublier les douleurs de l'enfantement afin d'assurer la survie de l'espèce. Peut-être le choc d'avoir sauvé mon fils tenait-il du même processus, j'étais nécessaire au maintien en vie de mon enfant, il fallait me préserver de toute émotion désintégrante. J'étais là, j'agissais, et la vie reprenait son cours comme si la mort n'y avait jamais rôdé.

Mais si mon cœur feignait l'indifférence, mon cerveau n'était pas passé à côté de l'information. De l'avoir sauvé une fois, j'avais compris qu'il pouvait mourir. Bien sûr, la mort pouvait cueillir chaque être à n'importe quel instant, mais la menace restait abstraite et il était si facile de vivre, de se divertir sans jamais y penser. Là, elle avait commencé à repérer, avait marqué son territoire d'une odeur âcre. La menace était palpable. Je sentais la pointe de l'épée de Damoclès s'enfoncer dans mon crâne, tandis que les larmes m'étaient inaccessibles.

J'avais été gavée du mythe de la toute-puissance maternelle, prolongement naturel des nombreuses exigences qui pèsent sur les femmes dès la grossesse, l'allaitement, les rendez-vous chez les pédopsychiatres. On avait encensé mon ventre créateur de vie, glorifié ma poitrine nourricière, pointé mon rôle dans l'état psychique de mon enfant. Il faut être humble dans sa maternité, je ne l'étais pas encore. J'avais cru au modèle qui érigeait les mères en déesses capables de miracles.

Je me croyais punie d'avoir essayé de négocier avec la mère Parfaite, de l'avoir contournée partiellement pour vivre ma vie de femme. Mon égoïsme m'avait mise au pilori. J'avais osé prendre des distances avec l'idéal maternel ? Mais quelle hérésie ! J'avais été assez naïve de croire que mère Parfaite allait me laisser m'aventurer vers une liberté d'être et d'épanouissement en dehors des enfants. Elle n'avait point omis d'accrocher un solide élastique à ma cheville qui, une fois tendu au maximum par la distance parcourue vers la liberté, me ramènerait d'un coup sec et m'exploserait contre le haut mur de l'idéal maternel. Après tout, cette punition suprême était la continuation logique de la culpabilité qui me gangrénait depuis la naissance de mon fils. J'avais provoqué la colère des dieux, ils m'avaient envoyé le châtiment absolu.

Bang bang, he shot me down
Bang bang, I hit the ground
Bang bang, that awful sound
Bang bang, my baby shot me down.

Nancy Sinatra, *Bang Bang*

Elle saigne. Tout son corps saigne, elle se vide, elle disparaît. Les dernières vingt-quatre heures l'ont achevée.

Ce samedi soir, Épilepsie avait décidé de faire la fête, une grosse fête : trente-neuf crises qui se prolongaient jusqu'à l'*after* du dimanche. Une nuit blanche. Les épisodes étaient trop rapprochés pour qu'elle ait le temps de se rendormir entre deux. Au petit matin, les crises s'espacent. Elle abandonne Solal le temps d'un petit-déjeuner avec sa famille recomposée et décomposée par la maladie. Elle guette de loin les cris, mais tout est calme, on dirait un dimanche matin heureux avec ces enfants au-dessus de leurs chocolats chauds, dans cette belle maison de campagne. Ce moment ne la réjouit pas pour autant, elle ne sent plus rien ; voilà plusieurs heures qu'elle s'est coupée de toute émotion pour supporter la souffrance de son fils. Mais au moins elle est là, auprès de sa fille, auprès de son homme, elle n'a pas totalement abandonné son poste, elle leur accorde une demi-heure. Tout est toujours calme dans la chambre de Solal, elle hésite à en profiter pour prendre une douche, qui sait si elle aura d'autres occasions plus tard dans la journée. Elle en rêve de cette douche, de ces quelques minutes rien qu'à elle où aucun effort n'est requis, où elle pourra s'oublier sous l'eau chaude. Elle jette quand même un coup d'œil à son fils et là son cœur s'arrête, une seconde à peine, le temps de comprendre. Elle bondit sur son lit. Inconscient, il a la tête renversée en arrière et vomit du sang. L'empêcher de s'étouffer, le mettre dans une position où il pourra continuer à vomir sans que le sang retombe dans sa trachée. Une minute encore, peut-être deux et c'est fini, le flot s'arrête. L'oreiller est rouge, le pyjama de son fils est rouge, son menton et son cou aussi, ses mains à elle sont rouges. Rouge foncé, c'est du sang digéré, elle se souvient vaguement du neurologue leur expliquant que les crises pouvaient provoquer des saignements, peut-être venant du nez et directement avalés. Elle n'avait pas imaginé alors que les quantités pouvaient être aussi abondantes. Elle n'a pas appelé à l'aide, elle prend juste soin de se laver les mains avant de rejoindre la cuisine où elle annonce : « Il faut rentrer à Paris. » Mais elle n'appellera pas les pompiers, elle ne veut pas qu'ils l'emmènent à l'hôpital, qui ne peut rien faire contre les crises à part suivre un protocole d'examens qui sont autant de souffrances. Elle décide d'attendre. Elle lui a encore sauvé la vie, mais sa décision n'est, en fait, peut-être qu'un sursis. N'y a-t-il vraiment plus aucun risque d'hémorragie ou d'étouffement ? Son sang-froid face à la situation n'est-il pas une forme d'inconscience, voire de déni face à l'extrême gravité ?

Sa fille lui répète : « Pauvre petite maman, pauvre petite maman. » C'est le pire pour elle, de ne pas arriver à protéger sa fille qui se prend de plein fouet la souffrance de son frère et la détresse de sa mère. Pour la deuxième nuit de suite, elle dort auprès de son fils dont les dernières crises finissent la série. Juste quelques épisodes, juste quelques heures pour dormir. Dans un demi-sommeil, elle s'imagine étouffer son fils avec l'oreiller. C'est horrible. Elle a voulu le tuer, tout du moins son inconscient l'a voulu. En même temps, elle lui a déjà donné trois vies ; dans un jeu vidéo elle pourrait lui en reprendre une. Est-ce que son inconscient la fera dormir d'un sommeil de plomb un jour où son fils aura besoin d'elle ? Est-ce que son inconscient fera tout pour la délivrer de cette situation ? Pour une fois, elle pleure, elle pleure le corps souffrant de son fils, elle pleure son absence, elle pleure ces nuits sans sommeil. Elle sent la douleur lui vriller le ventre, ses pleurs viennent de ses entrailles : mon Petit, mon tout Petit. Elle a mal à son fils, elle a mal à sa fille, elle a mal à son homme. Son intérieur est fragmenté, sa douleur polymorphe.

Le lendemain, elle est l'ombre d'elle-même sur le chemin du travail. Le ciel est bleu, son cœur est noir, on peut être si malheureux sous le soleil. Le son des klaxons la tire de sa torpeur, elle a traversé un grand boulevard sans s'en rendre compte, sans regarder. Elle se fait peur. « Arrêtez le monde, je voudrais descendre. » Cette affiche de spectacle l'interpelle, elle en fait son mantra. Elle devient folle. Elle préfère aller au bureau que de rester à la maison avec lui, voir d'autres gens, ne pas en parler. Elle va travailler toute la journée malgré son épuisement – elle *est* folle. Comme toutes les mères, elle s'oublie. Comme toutes les mères, elle donne tout. Son fils la vampirise, elle ne pèse plus rien, elle n'existe plus, ni comme mère puisqu'elle a voulu effacer cet enfant, ni comme femme puisque sa vie n'a plus de substance. Elle travaille comme un automate, ne voit plus ses amis, n'a plus envie de rien. Elle aussi est devenue un fantôme qui erre dans la maison de campagne, les fins de semaine où elle est seule avec son homme. Hagarde, elle passe ses journées à dormir ou à regarder par la fenêtre, à nouveau. Un dimanche, son homme la retrouve pleurant dans un bain froid. Il la sèche comme une enfant, s'agenouille pour l'habiller, l'embrasse chastement sur le ventre, ému de sa nudité dépouillée de désir. Il l'entoure de ses bras comme avec une petite fille, son regard est plein de compassion. Elle est un corps las qui survit plus qu'il ne vit.

Elle a voulu croire que des vacances étaient encore possibles, elle a dit oui à cette semaine de famille recomposée dans une maison bretonne. Elle gère les crises de son fils la nuit et sa folie la journée. Sa folie à lui ou à elle, elle ne sait plus. Le manque de repères, les effets des crises, Solal passe la semaine dans une boucle verbale dans laquelle il enferme sa mère. « Maman… quand ? », cent fois, mille fois par jour il lui demande quand ils rentreront à la maison. Cent fois, mille fois par jour, elle lui répond la même phrase. Elle répond sans s'en rendre compte, comme une machine. Ils sont prisonniers d'un moment qui ne passe pas, d'un dialogue stérile qui se répète à l'infini. « Maman… quand ? », la question revient encore et encore. « Maman… quand ? », elle crisse comme une fourchette sur une assiette. « Maman… quand ? », elle occupe tout l'espace sonore et recouvre les autres voix. « Maman… quand ? », elle dresse des remparts autour d'eux deux. « Maman… quand ? », la question résonne même dans le silence. Il ne la lâche pas, il l'use. Elle n'a aucune échappatoire, son corps est collé au sien vingt-quatre heures par jour, il ne veut rien d'autre qu'elle. Sur la plage, il s'assied sur elle, malgré ses onze ans, et continue à lancer dans le vent : « Maman… quand ? »

Elle voudrait craquer, la clinique de repos devient l'éden de vacances qu'elle n'a pas. Elle rêve de cette parenthèse, de cette fuite à l'autre bout de sa vie, pour que plus rien ne l'atteigne. Elle veut arrêter de se battre, contre tout, tout le temps. La maladie d'un enfant est contre nature, aucune mère n'est faite pour voir son enfant souffrir, cela va à l'encontre de la marche de l'univers. Son duel contre Épilepsie est le combat de toutes les mères contre ce qui, dans le monde, met leurs enfants en danger, les expose au pire. Elle est épuisée par ce combat, elle n'en peut plus de se battre contre la terre entière. Où est le mouchoir blanc, qu'elle affiche sa reddition ?

Mais il n'y a pas de mouchoir blanc, parce qu'il n'y a pas d'abandon possible. Il faut de l'aide. Elle a besoin d'accepter qu'elle ne peut plus s'occuper seule de Solal. C'est seulement après plus de trois ans d'un rythme infernal qu'elle l'accepte. Son devoir de mère active lui imposait de s'occuper de ses enfants le soir, la nuit, les week-ends et les vacances. Elle aurait culpabilisé d'avoir une nounou alors qu'elle était là, cela aurait été un manquement à ses devoirs de mère ; déjà qu'elle travaille, comment imaginer ne pas s'occuper d'eux le reste du temps ? Cette culpabilité lui a fait mordre la poussière, le goût âcre lui reste dans la bouche. La maladie de Solal l'a fait sortir de la maternité classique. Elle ne peut plus juger la situation et surtout, se juger avec le même prisme, il faut inventer une nouvelle échelle de valeurs. Elle est à terre, mais lève le regard vers ce qui lui paraît être une lueur.

J'étais sauvée par ce que j'avais voulu bannir en moi. Comme si la vie m'apprenait qu'il fallait s'aimer entièrement, les zones d'ombre comme les zones de lumière. Pendant des années, j'avais lutté contre ma tendance à me dissocier, qui me faisait vivre derrière une vitre, remettre mes émotions à plus tard, un plus tard qui n'arrivait pas forcément. Il faut être convaincue de l'éphémérité des émotions pour s'y ouvrir, je ne l'étais pas encore. Les crises, les chutes, les souffrances, les cris, les silences, les blessures de mon fils désintégraient toute émotion. Mon sang devenait froid pour faire face à l'horreur, permettre aux muscles d'agir, au cerveau de prendre des décisions. Ce fonctionnement me rassurait mais je ne le maîtrisais pas, la dissociation durait toujours plus que je ne l'aurais voulu, elle me coupait aussi de la joie, du plaisir, de la tendresse que je partageais avec ma fille. Plus la souffrance de mon fils était choquante, plus j'avais du mal à retrouver le chemin des émotions.

Je perdais tout, même, et surtout cette urgence de vie qui avait été le cap fondateur de mon existence. Où était passé mon goût pour l'intensité ? Je vomissais l'intensité de ma vie, de celle de mon fils, de celle de ma fille. J'abhorrais son exigence qui me faisait rendre mes tripes, qui bousillait le fruit de mes entrailles. Je faisais l'expérience d'un autre vide que celui auquel j'avais voulu échapper à l'orée de ma vie d'adulte. C'était un vide physique. Après la maternité et la sexualité, je faisais un nouvel apprentissage de mon corps. J'en apprenais les contours par le vide intérieur, cet immense espace traversé par un air glacé qui éteignait toute étincelle d'énergie. J'étais creuse au sens propre, il n'avait plus rien à trouver au-dedans, le sang était au plus bas, les organes fonctionnaient au minimum, le système nerveux était rigidifié dans une tension permanente. Je m'effaçais, je flottais dans un état second.

Jamais je n'aurais imaginé vivre un tel état de faiblesse et qu'il faille encore se lever la nuit, habiller, nourrir, laver, travailler. Aujourd'hui je ne comprends toujours pas comment j'ai pu tenir. Au-delà de la fatigue, au-delà de l'épuisement qu'y avait-il ? Rien de dicible et pourtant j'en faisais l'expérience. Comment dire « il n'y a plus rien » sans se donner des airs de *drama queen* ? D'autant qu'on me voyait continuer à m'occuper de mon fils, de ma fille, de mon équipe, de mes clients. *The show must go on.* Plus Épilepsie dominait nos vies, moins j'étais capable d'en parler. Elle avait pris le vocabulaire de mon fils en mangeant son cerveau, elle avait pris aussi mes mots en enlevant tout sens à nos existences. Raconter la souffrance et prendre le risque de la revivre ? Je n'en avais pas la force, ce silence était bien la preuve de tout ce qu'Épilepsie avait tué en moi. Je lui donnais tout, elle me prenait tout mais ce n'était jamais assez. Il fallait encore creuser dans nos cerveaux, raviner nos corps, forer jusqu'au plus sombre de nous-mêmes.

« Pour que cela cesse, pour que cela cesse, pour que cela cesse… », j'avais noirci une page entière de ces mots répétés de désespoir. En ouvrant le cahier qui avait abrité cette prière muette pendant des années, ces lignes d'un devoir d'enfant puni m'ont plongée à nouveau vers le noir absolu de cette année où nous avions touché le fond. J'avais oublié ces lignes, mais les lire a ravivé la détresse comme si elle n'avait fait qu'un petit pas de côté ; la mémoire fait le tri mais le corps se souvient. Épilepsie m'avait enseigné la vulnérabilité, là elle m'apprenait l'extrême fragilité de la vie, la façon dont elle pouvait à la fois démissionner et se maintenir dans sa forme la plus faible, la plus ténue. La vie avait déserté mais quelque chose persistait malgré tout. Pourtant, je n'aurais pas été contre qu'elle disparaisse, que tout disparaisse, moi la première. Je me faisais peur, me méfiais de moi, je n'avais plus confiance en mon instinct d'amour, de mère face à la détresse qui pouvait prendre le dessus à tout instant. C'était trop, inhumain, inacceptable. Je basculais dans le camp d'Épilepsie, je devenais ma pire ennemie. J'avais peur que le désespoir prenne le pas sur l'amour. J'étais au-delà de la culpabilité d'avoir rêvé que j'étouffais mon enfant, simplement je ne pouvais plus voir ses souffrances. Je voulais remonter le fil de la vie, détricoter la trame qui nous étranglait, absorber mon fils à l'intérieur de moi qu'il revienne dans son abri originel et laisse Épilepsie à l'extérieur. C'était l'ultime geste d'amour, puisque mon amour pour mon enfant était tout ce qu'il me restait.

Nous avions traversé son silence comateux, nous étions désormais plongés dans le vacarme de la répétition, comme si mille voix se joignaient à la sienne. Après l'apathie extrême venait la répétition extrême, au-delà du radotage, aussi fréquente ou presque que la respiration. Au spectacle de son immense souffrance et de sa détérioration physique et intellectuelle, à l'angoisse d'un présent sombre et d'un avenir noir, s'ajoutait le harcèlement nerveux de ses répétitions de langage. C'était une guerre d'usure, un cauchemar dont on ne sortait jamais. Les mots ou les questions pouvaient varier d'une journée à l'autre, piochés dans son vocabulaire ultra restreint. Les grosses séries de crises nous sauvaient encore certains jours par le silence qu'elles provoquaient. Autrement mon fils tournait en boucle sur un refrain qui me décapait les nerfs. J'aurais aimé être capable de ne plus répondre, de ne pas l'entendre, mais je ne pouvais pas. J'étais suspendue à ses mots, accrochée à toute activité venant de lui, j'imaginais par mes réponses le ramener à la raison, l'ancrer dans la vie rationnelle. Mais c'est lui qui m'emmenait dans un psychisme déglingué. Sa nouvelle psychologue nous disait qu'il refusait de vivre, que ces boucles mortifères dans lesquelles il nous enfermait son père et moi en étaient une preuve. Je ne savais pas comment lutter contre cela, je ne savais même pas si j'en avais encore la force.

C'est à cette époque que j'ai commencé à prendre des photos de mon fils dans son quotidien, jamais pendant une crise, mais quand il dormait, qu'il était bloqué sur quelque chose ou qu'il récupérait dans son bain. Les photos n'avaient pas pour but d'accumuler de jolis souvenirs. Il s'agissait d'un besoin de témoigner de sa vie, de donner une réalité à ce qui semblait irréel. Il y avait aussi la nécessité de mettre une distance, de me protéger derrière un écran, de revenir du bon côté du miroir, là où la vie était raisonnable.

And she was outraged by that infant needfulness.
There were times when she absolutely
had to limit its being there ; stop its implicit
and explicit demand for best and constant self.

Toni Morrison, *Tar Baby*

Solal est malin. Alors qu'elle a quitté ce rôle de mère de famille totalement dédiée dans lequel elle étouffait, son fils lui propose une variante : la mère Courage. Aussi concentré, mais plus valorisant. Elle a déjà revêtu le voile de bravoure de la mère célibataire, là elle se pare de l'auréole de l'abnégation. Ô joie, la mère Courage est absente des médias, ou presque. Elle est libre de toute injonction, aucune icône pour en définir les contours, aucun commandement à suivre pour devenir la parfaite mère Courage. Pourtant ce serait utile : la liste des colonies américaines pour enfants handicapés ou *Quelles lectures pour son enfant neuro-déficient ?* Ah non, c'est vrai, il ne peut pas lire. Il n'y a donc rien, ni conseil, ni recommandation, ni exemple. Liberté de la page blanche.

Pourtant, elle est gênée par cette nouvelle étiquette, le malaise de l'imposteur. Elle ne contredit pas, mais n'en pense pas moins. Avoir un enfant malade fait-il d'elle une meilleure mère ? C'est ce que sous-entend ce titre de mère Courage : plus résistante, plus courageuse, plus dévouée, plus patiente... Mais elle continue à être dans le contrôle, à préférer lire que jouer, à ne pas vouloir faire de gâteaux avec les enfants pour ne pas avoir à ranger après... Elle n'est pas meilleure, elle n'a pas d'autre choix que de prendre soin de son fils. C'est tout. D'ailleurs Bertolt Brecht ne s'est pas trompé ; dans sa pièce éponyme, sa mère Courage n'a rien d'une sainte. Oui elle traîne ses trois enfants à travers les champs de bataille, mais elle est guidée par son avidité. Elle négocie tellement la caution pour libérer son fils, prisonnier de guerre, qu'il finit par être exécuté. Donc non, la mère Courage n'est pas une meilleure personne. Elle serait même plus à l'aise qu'on l'appelle Médée, mère préférant poignarder ses enfants que d'assister à leur bannissement et répudiation. Mais personne n'imagine qu'elle pourrait tuer son fils pour lui éviter un avenir encore pire que son présent.

Décerner le titre de mère Courage est rassurant pour les autres. Elles sont plus contraintes, les mères Courage, plus liées. Ce n'est pas le courage que les autres louent, mais le fardeau qu'ils pointent. Alors que les mères se libèrent progressivement de leurs obligations au fur et à mesure que leurs enfants grandissent, les mères Courage se retrouvent enchaînées à vie, jamais elles ne seront libérées de leur enfant malade. Les autres le savent, le comprennent inconsciemment. Ils ne valorisent pas les mères Courage, ils les plaignent et par là même, ils les condamnent à cette perpétuité. Elle ne veut pas de cet avenir sans espoir, encore moins que les autres en décident pour elle. Elle refuse qu'on la prenne en pitié, elle est beaucoup trop fière pour cela, à peine si elle supporte leur empathie. Ils n'ont pas l'air tellement plus heureux les autres avec leur normalité, pourquoi ils s'apitoieraient sur son sort ? Alors elle les plaint aussi, de se noyer dans leurs petits problèmes, de courir sans savoir après quoi en regrettant le temps qui passe.

Elle plaint surtout ceux qui essaient de trouver des raisons à la maladie de Solal, qui s'imaginent que leur supposée clairvoyance rattrape leur indélicatesse. « C'est bizarre, quand même, cette maladie qui se déclare d'un coup… C'est le divorce qu'il n'a pas supporté, non ? » « Oui c'est ça, exactement ! Et si son cervelet s'atrophie, c'est parce qu'un jour je l'ai privé de dessert. »

Finalement, quelle que soit la situation, la société reste perpétuellement ambivalente à l'égard des mères, d'un côté elles sont sur un piédestal, de l'autre on les traîne dans la boue de la culpabilité.

Il y a aussi ceux qui connaissent d'autres histoires similaires. Étonnamment, dans ces autres histoires, souvent les mamans ont arrêté de travailler pour s'occuper *exclusivement* de leur enfant malade. Y aurait-il un message subliminal à la subtilité éléphantesque caché dans ces anecdotes… ?

Bien sûr, elle sait que c'est impossible de continuer à travailler tout en s'occupant soirs, nuits, week-ends, vacances d'un enfant malade. Le passage à la garde alternée ne lui laisse pas assez de temps pour se reposer de ses moments avec Solal et de son travail. Elle sait qu'elle est en train d'y laisser sa santé, qu'elle flotte dans toute sa garde-robe, qu'elle vit avec la migraine. Mais elle ne veut pas renoncer. C'est le projet de sa vie de tout concilier. Les bonnes fées, ces putes, lui ont souhaité à sa naissance le même vœu qu'à toutes les femmes : « Si tu peux tout concilier sans finir en guenilles, alors tu seras une femme moderne, ma fille. »

Ce commandement suprême est une malle à injonctions qu'il ne faudrait jamais ouvrir, malgré l'attrait des déguisements de mère parfaite, carriériste, bombe sexuelle, meilleure amie et autres héroïnes. Une de ces injonctions à la perfection s'étale en lettres gauchement gothiques sur le blason que sa fille a créé à l'école : « Toujours plus loin, toujours plus fort. » C'est une malédiction familiale. Elle la regarde d'autant plus horrifiée qu'elle ne peut s'empêcher de jubiler intérieurement. Elle voudrait emmurer vivante la fanatique en elle qui ne croit qu'en cette détermination de l'extrême, arrêter la transmission insidieuse de son masochisme.

Elle, elle a l'excuse de la maternité. Toutes les mères sont forcément un peu masochistes, sinon aucune femme ne s'engagerait dans la grossesse avec la perspective de l'accouchement et son cortège de réjouissances qui s'acharne sur un corps qui ne lui appartient plus. Accepter cette souffrance va de pair avec le dévouement des mères. En se prenant le bouclier de sa fille en pleine tête, elle réalise qu'elle a porté trop loin l'étendard de la mère sacrifiée. Il n'y a pas de frontières à la douleur provoquée par son fils, elle s'est perdue dans cet au-delà, oubliant tout instinct de survie. Elle doit revenir sur ses terres, donner de la cohérence aux contours de son identité, se gaver de narcissisme pour remplir le vide creusé par son masochisme.

De l'aide. Il lui faut de l'aide pour les nuits. Elle en cherche sans savoir où la trouver. Nounou, infirmière, baby-sitter, elle n'a aucune idée du profil ni du métier des personnes qui pourraient veiller Solal tandis qu'elle dormirait. Elle doit trouver, elle a trop attendu, chaque nuit sans dormir menace de la précipiter, et elle sait à quel point la falaise est haute. Elle n'a pas le temps de faire des recherches, de se perdre sur Internet, d'éplucher les petites annonces. Ça devrait être sa priorité mais elle subit trop ses journées et ses nuits pour y consacrer du temps. Elle est Sisyphe qui pousse chaque jour son rocher en haut de la montagne mais elle, elle court devant le rocher quand il dégringole la pente. Elle court, elle rame, elle gratte le sol aussi vite qu'elle peut pour ne pas se faire écraser par Épilepsie qui dévale à toute allure derrière elle, faisant retentir son rire tonitruant et diabolique. De bonne âme en bonne âme, elle finit par rencontrer celle qui va sauver ses nuits et ses jours, ou du moins une nuit par semaine et c'est déjà merveilleux.

La première nuit, elle ne change rien au rituel du coucher de Solal, elle lui lit l'histoire, le borde, le câline. Désemparée par la présence de cette inconnue dans son salon, elle va se coucher et, exceptionnellement, ferme la porte de sa chambre, sa nuit lui appartient. Elle en profite pour lire, le sommeil tarde à venir, elle ne sait pas quoi faire de sa nuit. Elle somnole et se réveille au son de la première crise, son corps et son esprit restent programmés sur le soin de son fils, elle se retient de se lever, se force à profiter de cette nuit retrouvée. À chaque crise, elle se réveille, bondit de son lit, avant de se souvenir que Solal, cette nuit, n'a pas besoin d'elle. Il n'est pas si facile de convoquer l'insouciance quand on ne connaît que la gravité. Au matin, son fils dort dans un pyjama propre, dans des draps propres, le linge sali par Épilepsie est dans la machine. Sa sauveuse lui fait le compte rendu nocturne avec calme et sourire, elle a même noté les épisodes de crises partielles qu'elle-même ne voit jamais la nuit. Elle a soudain une alliée de taille, prête à opposer sa bienveillance et son professionnalisme à Épilepsie, qui a perdu de sa superbe en cette douce matinée.

La société avait failli me tuer. Les exigences de l'idéal maternel d'un côté, celles de la femme active de l'autre et au milieu l'échec inévitable de concilier deux exemples incompatibles. Le monde entier était responsable de la douleur que j'acceptais, du don de soi total que je m'imposais. J'en voulais encore plus à tous ceux qui nourrissaient ces références de leur épanouissement de vitrine, c'étaient des dangers publics, bien qu'adoubés par la société. Leur posture était criminelle, leur discours meurtrier, leurs images assassines. Ne voyaient-ils pas que nous étions nombreuses à en être les victimes, armée de fantômes qui avaient perdu toute leur substance ?

Je me détestais parce que je me sacrifiais. J'apprends que le sacrifice peut se définir comme la suppression d'un des éléments d'un litige en vue de le dissoudre. À la lumière de cette définition, le sacrifice maternel est inévitable, porteur en lui de toute la violence tue d'un conflit non avenu. Il y a le conflit entre les exigences de la société d'avoir des mères entièrement dédiées à leurs enfants et les aspirations des femmes à vivre en dehors de la maternité. Il y a le conflit entre les vertus de l'idéal maternel pesant sur les mères et la réalité humaine de chaque mère. Épilepsie poussait ces conflits aux extrêmes. Il faut être conscient de sa valeur pour refuser de se donner entièrement à ses enfants, je ne l'étais pas encore.

En théorie, le sacrifice est un don qui suppose un autre don en retour. Je m'étais sacrifiée sur l'autel de la mère Parfaite pour qu'en échange elle m'apporte sa clémence et me déleste de la culpabilité. En me sacrifiant, j'avais accepté de me ranger en son sein et me détestais de le faire, je ne voulais en aucun cas continuer à lui vouer un culte. Je voulais détruire le temple, saccager les icônes, exploser les statues sur le sol et les voir se faire emporter par la mer de larmes de sang que toutes les mères avant moi avaient versées dans ce culte insoutenable.

Je demandais le moins d'aide possible à mon homme dont l'habitude d'une existence libre et sans contraintes s'accommodait difficilement de mes responsabilités. Nous ne partagions que les week-ends au vert, le reste du temps chacun vivait son histoire, enfin… il vivait la sienne et j'encaissais la mienne. Je lui parlais le moins possible des affres de la semaine, de mes nuits sans dormir. Je voulais peser sur lui autant qu'un oiseau. Notre couple faisait ma vie de femme, j'avais besoin, envie d'aimer un homme, de me sentir aimée. J'avais peur que notre histoire ne résiste pas à Épilepsie, je ne voulais pas y renoncer, même si les frontières de notre couple devenaient de plus en plus poreuses. J'aurais pu l'embarquer dans mon aventure, me reposer sur ses épaules, solliciter son aide, partager ma peine et mes angoisses. J'aurais pu. Mais Épilepsie faisait vaciller mon univers entier, tout et tous me paraissaient vulnérables, je ne pouvais plus compter sur rien ni sur personne. Il me semblait que tout pouvait s'effondrer à n'importe quel moment, alors je n'ai pas pris le risque de voir s'écrouler un autre pan. Je préférais lutter seule que d'éprouver la fragilité de mon monde.

Tout n'est qu'apparence, non ?
Alberto Giacometti

Matinée grise à regarder trois heures quinze de Powerpoint, deux cent vingt-six *slides* colorés, animés, chiffrés, gavés. Quand elle entend pour la trente-troisième fois « *to boost our image* », elle se lève et quitte la salle sans fenêtres. Elle étouffe, elle n'a pas renoncé aux heures de sommeil qui auraient compensé sa nuit pour *ça*. Il faut qu'elle change de métier. Elle sature de ces briefs, débriefs, comptes-rendus et autres bilans qui brassent l'air de ses journées.

Elle revient à ce qu'elle aime le plus dans cette belle marque où elle travaille depuis des années, à commencer par la personnalité iconoclaste et visionnaire de la fondatrice. Elle se plonge dans son histoire, dans son esthétisme, dans sa vision des femmes et de la mode. Elle décrypte ses créations et celles de ses successeurs. Elle se passionne pour l'architecture des silhouettes, pour le dialogue entre un vêtement et une personnalité, pour la construction d'une image par le style. Elle en fait l'expérience, s'approprie le vestiaire masculin, parce qu'il évoque à la fois l'indépendance qu'elle chérit et la nonchalance dont elle rêve. Elle a trouvé son métier : elle va partager sa passion avec d'autres femmes, les aider à s'approprier les pièces les plus somptueuses des collections de prêt-à-porter, à affirmer leur singularité par un style propre. Elle respire à nouveau et s'enthousiasme d'aller travailler tous les matins, d'apprendre sans cesse et de transmettre. Solal lui impose une exigence sur sa vie professionnelle qui a réveillé ses envies et passions.

Le matin, elle se fait belle, sort de la douche comme une page blanche où les vêtements effacent la fatigue et la parent d'un habit de légèreté. Les pièces les plus sophistiquées de sa garde-robe, que des mains ont cousues, brodées, entrelacées, installent la vie au-dessus de son corps. Elle s'offre une journée de princesse. À son bureau, personne ne peut imaginer le champ de bataille qu'elle laisse à la maison. Là aussi, elle est un bon petit soldat. Bien sûr, il y a ses sourires un peu crispés, ses trous de mémoire, sa lassitude, mais personne n'y fait vraiment attention. Épilepsie conspire avec les étoiles, elle s'amuse à monter dans les tours chaque veille de défilé, qui inaugure pour elle une semaine de représentation. C'est inexplicable que cela arrive à chaque défilé, et pourtant c'est systématique. Elle se doit d'être à la hauteur de ce métier pour lequel elle s'est battue. Elle parle aux autres femmes d'allure, de confiance en soi, de style, ce n'est pas pour finir devant le Grand Palais en survêtement, l'œil morne et le dos voûté par sa nuit sans repos auprès de son fils ! Ceux qui l'écoutent et la croient seront là, rassemblés, l'œil aiguisé. Alors elle sort le grand jeu et l'anticerne, jupe dorée, escarpins cloutés, blouson *oversize*, chaque artifice est bon pour oublier les feux de la nuit. L'habit fait la princesse.

Épilepsie a beau être étincelante, elle n'a rien de glamour. Elle fait tache dans la famille qui offrait un tableau presque parfait autrefois. Ses traits se sont creusés ; elle fait enfin son âge, voire bien plus certains matins. Épilepsie a aussi déguisé son fils, elle le fait baver, marcher péniblement avec les pieds en dedans, la tête qui se balance, le regard vers le sol. Maintenant, quand elle sort avec ses enfants le samedi, c'est qu'elle y est contrainte et forcée. Elle n'a plus de sacs de courses du magasin bio au bras, mais son fils qu'elle soutient. Sa fille marche quelques mètres devant. Ils n'attirent pas moins l'attention, au contraire. Et il n'y a pas moins de fierté dans son attitude ; elle a la tête haute, elle défie le malaise et l'incompréhension de leurs regards. Leur pitié se cogne contre sa colère. Voir leur curiosité prendre le pas sur le respect la fascine, ils n'ont aucune gêne dans leur voyeurisme. Plus ils marchent, plus elle se renferme. Dans sa tête, elle les apostrophe, les prend à témoin de leur indélicatesse, les renvoie à leur propre honte. Épilepsie et elle les snobent tous, elles ont la démarche punk. Pourquoi seraient-elles aimables ?

Elle est aimable parce qu'elle n'a pas d'autre choix que de l'être. Ses mille formules de politesse sont une tentative pour excuser son fils, pour s'excuser elle et aussi sa fille. Les excuser d'être là, les excuser de gêner par des sons et des mouvements bizarres, les excuser de mettre tous ces gens face à la maladie, à la différence et à la faiblesse. Elle a la tête haute, mais sa voix est basse.

À l'hôpital, ils vendent encore du rêve. Les horaires aléatoires de rendez-vous avec le neurologue la font systématiquement arriver en habits de princesse. Pantalon large en cuir, kimono, pull extra grand, veste brodée, qu'elle associe à des coiffures ultra-sophistiquées, banane rock, couronne de tresses, chignon années 1960... Elle leur fait un tel festival que c'est devenu un sujet de plaisanterie avec le neurologue. Cela lui plaît de ne pas être habillée comme les autres mamans de la salle d'attente, peut-être même que ces jours-là elle en fait un peu plus. C'est fou comme on a l'air moins malheureux quand on est bien habillé. Et puis Solal est toujours aussi mignon malgré ses lunettes en cul de bouteille et... le reste. Son ex-mari ne dépare pas, sa belle gueule est la touche finale de ce trio qui attire les regards. Ils sont au summum de leur effet pendant les hospitalisations de Solal dans le service des maladies du développement, le nom officiel pour désigner la cour des Miracles de l'hôpital. Comment une tête ou un corps peut-il évoluer dans des directions et des formes aussi improbables ? Au milieu des malformations inimaginables, elle trouve que Solal s'en sort plutôt bien.

Il y a toujours le même enfant, sans âge ni visage, qui se traîne dans les couloirs et qui l'appelle maman dès qu'il la voit. « Attends, Gollum, ça m'étonnerait que tu aies une mère aussi bien habillée que moi. Si ça se trouve, tu n'en as même pas, de maman. » Ça lui crève le cœur tous ces enfants malades et seuls, tout est noir, même son humour dans cette immersion au cœur de la souffrance infantile. Dans la chambre d'à côté, Gollum appelle sa maman toutes les nuits et tous les jours. Cette litanie ne s'arrête jamais, son mantra résonne dans le cœur de tous ceux qui passent. Une nuit, elle traverse la demi-pénombre du couloir hospitalier pour poser une main sur le front difforme de Gollum : « Je suis là, Petit. » Ce n'est pas son fils, ce n'est pas de l'instinct maternel, juste de la pitié. À moins que l'instinct maternel ne soit qu'empathie pour le plus faible. Alors il n'a pas de sexe, il est masculin autant que féminin.

« Hé Gollum, que s'est dit ta mère quand elle a fait une demande pour que tu sois reconnu comme enfant handicapé ? Elle te relevait ou elle t'enfonçait ? » Elle a mis des semaines et des semaines avant de remplir le dossier, pris puis reposé des dizaines de fois la feuille brûlante. Comment demander ce qu'elle ne veut pour rien au monde : avoir un enfant handicapé ? Quand elle a reçu le courrier officiel, elle a été impressionnée par le score de Solal : handicapé à quatre-vingts pour cent. Un chiffre abstrait qui sera sa dernière performance et fait de ses anciens diplômes de guitare, natation et autre, le récit des victoires passées de Solal, héros grec dont le monde est définitivement révolu. Avait-il même existé ? Jamais il ne retrouvera ses contrées. Charmée par ses yeux dorés et son immense sourire, Épilepsie l'a métamorphosé pour le garder à jamais.

Elle avait cassé le verre de la vitrine derrière laquelle sa famille parfaite s'était figée, Solal s'en était carrément échappé, entraînant tout le monde à sa suite. Comme dans un générique de Benny Hill, ils courent derrière lui, zigzaguant dans de brusques changements de direction qui leur font perdre tous leurs repères. L'absurdité de leur vie ou l'incongruité de certains comportements de Solal sont régulièrement passées au vitriol d'un humour désespéré. Sa méthode de survie, dont elle se sert pour protéger les autres également. Un dimanche de printemps où la famille savoure le café à l'ombre des arbres après un déjeuner trop copieux, Solal croque dans un gâteau et est immédiatement terrassé par une crise. Elle bondit pour le rattraper et finit sous lui au sol ; tous les regards sont braqués sur eux, les mines sont déconfites, les respirations retenues. Le malaise est palpable, il a stoppé toutes les conversations. Il n'y a pas de mot qui puisse adoucir, alléger ce moment cristallisé par la stupeur. Il y a la gêne de ne pas avoir su réagir, il y a la peur de la crise en elle-même, il y a la tristesse de voir un enfant souffrir. « Il est fort ce gâteau », lâche-t-elle et soudain le rire chasse les émotions et anesthésie le cœur. Elle les a libérés de leur torpeur ; la vie normale, leur vie, peut reprendre son cours.

Comme toujours, ceux qui subissent la souffrance sont les seuls à pouvoir ironiser, la ridiculiser, la tordre dans tous les sens pour en extraire l'absurde. Ce serait intolérable venant d'une autre personne, même avec beaucoup d'amour. Elle a le privilège du désespoir. Faire rire les témoins est aussi une façon de s'excuser de leur avoir imposé cette scène, elle leur doit bien ça. Une fois qu'elle n'a plus leur malaise à gérer, elle peut se concentrer sur son fils et affronter ses émotions. Elle fait passer les autres avant son fils pour ne pas qu'ils aient tous les deux à se charger de leur tension.

Puis, elle apprend progressivement à renverser la situation, à ne pas être celle qui fait rire mais celle qui rit. Elle aime exploiter l'absence de filtres de Solal et laisser les autres s'y confronter. Elle ne peut le faire que dans un cadre bienveillant pour éviter tout risque de rejet ou d'agressivité. Ainsi elle s'amuse à laisser Solal promener sa fourchette dans les assiettes de ses voisins de table, devant, à gauche, à droite, tout lui est possible quand il n'est pas aidé pour manger. Ce jour-là, en regardant Solal assis à côté d'un ami de son homme, elle a très envie de le laisser faire son numéro. L'ami a tout d'abord une réaction de surprise, les yeux ronds en arrêt sur image, le temps de comprendre l'intention de cette main au-dessus de son assiette, il regarde autour de lui pour vérifier s'il y a eu des témoins de la scène. À la deuxième irruption de la fourchette *solalienne*, il se redresse avec un petit ricanement. Après la quatrième tomate volée par son petit voisin au visage impassible, la crispation est palpable, autant que son questionnement sur la réaction qu'il devrait avoir. Avec beaucoup d'amusement, elle imagine son dialogue intérieur « Je ne vais quand même pas engueuler un enfant handicapé, surtout devant tout le monde… En même temps, il m'énerve, Simplet, à bouffer dans mon assiette… Pourquoi personne ne lui dit rien, on dirait qu'ils ne remarquent rien… Si je lui parle, est-ce qu'il va me comprendre ?… Je peux peut-être changer de place… non, ça va vexer la mère… au prochain coup j'attrape son poignet… oui mais s'il s'énerve et qu'il me plante sa fourchette dans le bras ? on sait jamais… » Elle le laisse se dépêtrer avec sa gêne et sa panique.

Parfois, elle imagine que Solal fait ça pour créer un contact, plus ses victimes s'agitent et essaient de l'en empêcher, plus ça doit l'amuser. Il n'y a que sa fille et elle qui comprennent son manège et devinent le très léger sourire en coin de Solal. Et les éducateurs du SESSAD qui devraient l'assister dans le cadre scolaire mais qui, faute d'effectif – et de par l'inconstance de l'état de Solal – l'accueillent quelques heures par semaine dans leur centre. Ils le font déjeuner sur une table à part avec une fille qui a la même habitude que lui, ils mangent face à face en piochant chacun dans l'assiette de l'autre, drôle de ballet de fourchettes d'enfants libérés. Pour Noël, une petite ferme est installée dans l'enceinte de l'école qu'ils ont paillée pour accueillir les animaux. Après une longue période d'absence, Solal est, par chance, en condition d'y assister. Elle le voit recevoir dans ses bras un gros lapin roux et avoir cet étonnant réflexe de l'installer à l'intérieur de son pull zippé. Puis il se met sur la pointe des pieds pour faire la bise au gentil fermier qui se laisse faire, un peu ahuri, et sort comme il peut des mini barrières. Et là elle comprend et éclate de rire. Solal pense qu'on lui offre un lapin, elle ne bouge pas et le regarde s'éloigner doucement, le dos arrondi par le poids du lapin, profitant de la confusion où se mélangent animaux, enfants, parents et enseignants. Elle attend avec malice la réaction des autres, s'amuse de leur expression quand eux aussi viennent à comprendre que Solal est parti avec le lapin.

J'avais plongé au cœur du paradoxe de la bonne mère : sous l'effet de son extrême disponibilité, elle disparaissait, plus de bonne mère, la mission était donc impossible. Je ne pouvais pas me dédier totalement à mon fils, je savais que j'y laissais ma peau, qui était presque la seule chose qui me restait sur les os. Je n'oubliais pas le prix très élevé de la réappropriation de ma vie ; autour de moi on avait souffert à cause de cette décision, il était impensable que cette souffrance n'ait servi à rien. Il me fallait retrouver une normalité, même si rien n'était normal dans nos vies, ni les crises, ni la souffrance, ni la quinzaine de nuits par mois sans dormir. Je devais trouver du plaisir en allant au bureau tous les matins, me remplir d'apprentissages, être dans le concret. Mon fils me donnait l'envie de travailler pour moi, par plaisir et non plus uniquement pour assumer mon indépendance. Le plaisir faisait son entrée sur la pointe des pieds malgré un terrain largement miné par Épilepsie.

« Oui, ça va, et toi ? », je n'avais que cette réponse à offrir sans distinction envers celui ou celle qui me posait la question. Parfois je l'écourtais pour un simple « Et toi ? » quand un « Ça va », même hypocrite, m'arrachait la gueule et que je voulais cracher à la face du monde que c'était trop dur, trop triste, insurmontable pour une mère de voir son fils souffrir. J'avais deux vies, deux corps, deux personnalités : la vie avec mon fils, ma fatigue, ma tristesse ; la vie sans mon fils, mon sourire, ma détermination. Mon manque de naturel et d'authenticité biaisait mes relations avec les autres. Je ne voulais pas qu'on se rencontre, glisser les uns sur les autres, s'effleurer me suffisait largement. Je ne pouvais pas les laisser venir jusqu'à moi et je n'avais pas la force d'aller jusqu'à eux. Je simulais, craignant qu'on me pose des questions intimes ou directes. Je n'appréciais que les échanges rapides et superficiels, très vite je m'éloignais, il y avait un terrain brûlant où je ne pouvais laisser personne s'aventurer. Je m'étonnais d'être capable de me blinder autant et de contenir une tristesse aussi immense. Ce n'était plus par peur d'ennuyer les autres que j'évitais de parler de moi mais pour ne pas fendre l'armure qui maintenait mon corps entier.

Mais ce mode de fonctionnement, s'il était salvateur, me pesait énormément. La pauvreté de nos échanges m'attristait, c'était sec, lisse et insipide. Donner le change constamment m'étourdissait, je finissais par ne plus savoir ce que je ressentais vraiment. Je commençais à avoir besoin de sincérité, de la mienne et de celle des autres, de les inviter à nouveau à s'ouvrir à moi. Je n'en étais pas au stade de pleurer sur leur épaule mais, si je taisais mes peines, c'était pour pouvoir me concentrer sur le plaisir qu'offrait un moment d'amitié ou d'affection familiale. Je devais m'en remplir pour pouvoir contrebalancer la souffrance. En prendre conscience fit partie des petits pas qui m'aidèrent à reprendre pied progressivement, jusqu'à me sentir à nouveau bien dans ma vie, beaucoup plus tard. Il faut avoir accepté l'épreuve pour ne plus subir sa vie, je ne l'avais pas encore fait. Il me fallait m'ancrer dans un réel qui me nourrisse et m'apporte de la joie et de l'affection.

Quelle vie serait figée, devant le Grand Palais, sur les images des photographes de rue, me demandais-je tandis qu'ils me shootaient, celle avec Épilepsie ou celle sans ? Dans le premier cas, la photo serait mon portrait à la Dorian

Gray, le visage déformé par la tristesse et l'épuisement, empreint de toute la laideur d'Épilepsie. Dans l'autre, on y verrait mon sourire forcé de femme active et… sans doute rien de plus. Qui allait croire à ce sourire ? La réponse importait peu. Je me sentais à part, mais finalement j'étais comme tout le monde. Je jouais le jeu des apparences, je cachais la monstruosité de ma vie privée, comme tous. Je regardais les autres autour de moi et me demandais les vulnérabilités et épreuves que cachait chacun. Plus les mises en scène étaient appuyées, plus je m'interrogeais sur les coulisses et sur la solitude.

Dans ma vie, tout n'avait-il été qu'apparences ? Peut-être. En tout cas, leur importance était manifeste, fondatrice même. Elles avaient guidé mes choix par mimétisme, au lieu de laisser la place à ma singularité. Elles étaient destinées aux autres à qui je m'offrais en jugement. Conformistes, inhibitrices, trompeuses, superficielles, les apparences m'avaient révélé leur danger petit à petit. Mais je ne veux pas les diaboliser, elles ont le mérite de donner corps et réalité aux mouvements intérieurs et ainsi de les rendre accessibles aux autres. On m'a souvent parlé de ma dignité dans l'épreuve, n'était-elle pas juste une question d'apparence ? Par quoi passait-elle sinon par les signes extérieurs de respect pour soi et pour les autres ? Garder la tête haute, refuser de se laisser aller ni broyer par l'épreuve, il faut bien que tout cela se manifeste extérieurement. J'aimais les apparences en ce qu'elles me rassuraient sur ma dignité. Une certaine allégorie de la dignité me plaît, elle représente une femme marchant, un énorme coffre sur ses épaules, se tenant la plus droite possible malgré le poids. J'aime cette représentation, j'aime l'apparence de cette femme.

Lors d'un voyage professionnel au Japon, je fis l'expérience du kimono. On m'habilla : le sous-kimono en coton léger, une première ceinture, le kimono en soie aussi lourde que magnifique, l'*obi*, la large ceinture au poids conséquent. Je me laissais faire, cela prit du temps. On me chaussa de tongs à plateformes de bois et je sortis me promener plusieurs heures. J'avais toujours trouvé le kimono japonais à tomber de beauté, la sophistication des tissus et des motifs, l'association de couleurs, l'élégance des longues manches et la sensualité de la nuque révélée par un positionnement très étudié du col, tout me fascinait. Mais le porter emporta toute la beauté ; outre l'écart culturel, avoir les jambes entravées, sentir le poids de toutes les couches, marcher à minuscules pas, coincer les manches sous les coudes pour se laver les mains, le moindre détail du kimono modifiait mes mouvements. Au bout de quelques heures, il me sembla carrément changer de personnalité, je réalisai que je n'avais eu aucun trait d'humour, je me désintéressais du programme de la journée et me laissais guider, je n'avais aucune idée de ce que j'avais envie de manger. Non seulement je compris l'impact que les vêtements pouvaient avoir sur le comportement, mais je réalisai aussi le chemin parcouru depuis les prémices de ma vie d'adulte, alors que le kimono aurait pu être une seconde peau. Là, il m'était impossible de rester dans ce carcan vestimentaire.

Sorti de scène tout en élégance et pudeur, l'humour n'en était pas moins à double tranchant, portant en lui une certaine violence et exclusion dont je voulais protéger mon fils. Rire de lui le transformait en objet alors que nous faisions tout pour qu'il soit autant que possible sujet de sa vie. La frontière était subtile. Un événement en particulier résume tout le numéro d'équilibriste que supposait l'humour lié à lui. À ses carottes fumantes dans l'assiette, il disait : « Froid ! Froid ! Froid ! Froid ! » Bien sûr c'était drôle de voir un enfant donner des ordres à sa nourriture, je comprenais que les témoins puissent en rire, j'ai même filmé l'incongruité du moment. Mais mon fils ne parlait pas à son assiette pour nous voir nous esclaffer. Je ne voulais pas le garder sous cloche ni ne l'entourer que de gravité et de sérieux et avais d'autant plus de mal à expliquer la nuance aux autres. Il me semble que l'amour, uniquement, permettait de comprendre cela. En visionnant à nouveau la vidéo, je réalise que seules ma fille et moi ne rions pas, pourtant nous sourions et la scène nous fait plaisir. Nous observons son intention, sa volonté d'agir seul et d'être actif. Lui qui comptait le mot « chaud » parmi les quelques trésors de son langage, qu'il dégainait pour tout désigner ou presque, du yaourt au verre d'eau, en passant par le ciel bleu et son front, avait tout à coup en bouche ce mot « froid » qu'il n'avait pas dit depuis un siècle et qu'il prononçait très bien. Nous nous étions réjouies pour lui, mais rire de lui, non, ça non, même si j'avoue aujourd'hui éclater de rire et de tendresse devant la vidéo.

Parfois, Épilepsie partait faire un tour un jour ou deux, ou bien se manifestait plus mollement que d'habitude. Ces quelques journées étaient d'autant plus exceptionnelles qu'elles permettaient à mon fils de sortir partiellement de sa léthargie. Ses émotions s'imprimaient à nouveau sur son visage, quelques sourires s'étiraient avec effort, comme un muscle qui se réveillerait, et nous rappelaient son goût pour le rire. Devant notre enthousiasme à retrouver l'expressivité de son visage, il tentait des grimaces qui finissaient en grands sourires tandis que nous surréagissions dans de grands et sonores éclats. Une fois, unique journée lumineuse d'une année de ténèbres, il avait même eu la force de se lever pour essayer d'attraper sa sœur, selon un jeu qui leur avait été familier quelques années plus tôt. Elle avait immédiatement saisi son intention et mimait la fuite tout en laissant le temps à son frère de presque la rattraper par des déplacements lents et incertains. La poursuite avait été fugace, mais elle s'était finie sur un rire qui lui avait alors demandé trop d'énergie pour qu'il continue à bouger. Écroulé sur le canapé, il avait ri, sa sœur aussi, effaçant quelques secondes la maladie, le handicap, la différence. Son rire était un cadeau, rare cadeau d'autant plus précieux. Après quatre ans à côtoyer Épilepsie, il semblait s'habituer aux effets des crises qui, même si elles maintenaient leurs performances chiffrées, ne l'assommaient pas autant qu'avant. Petit à petit, il reprenait une certaine forme d'activité et parvenait à chercher pour nous la joie qu'on avait bien du mal à trouver. Je voyais dans cette joie la quintessence de la vie, le temps s'arrêtait, plus rien n'avait d'importance. Elle suspendait le regard des autres et désamorçait leur jugement, elle se suffisait à elle-même. Je l'apprenais.

La mère libre n'est pas encore née.
Julia Kristeva

Après l'arrêt de l'école et la carte de la Maison du Handicap, l'intégration d'un centre pour enfants malades fait s'écrouler le dernier rempart d'une vie balisée. Ils découvrent le triangle des Bermudes des instituts médicaux éducatifs où les demandes d'admission disparaissent. Dans un pensionnat spécialisé pour les enfants épileptiques, elle s'entend dire que Solal est trop handicapé. Elle était déjà tombée de haut en réalisant qu'il n'irait plus jamais à l'école, elle descend encore d'un cran. Ils n'ont pas dû bien regarder les enfants qu'ils avaient en stock pour dire ça. Pendant l'entretien, Solal avait particulièrement bien joué l'enfant légume, c'est vrai, mais à quelques années près, il leur mettait la dose à tous. De toute façon, ni elle ni son ex n'ont envie que leur fils intègre un internat qui suppose que chacun, avec l'alternance de garde, ne le voie que quatre jours par mois. Ils savent que, dans le brouillard que le monde est devenu pour lui, il a besoin du repère de l'affection familiale.

La providence les sauve, un institut s'ouvre dans leur quartier. L'équipe a l'air extraordinaire, les installations sont ultra-sophistiquées. Elle se sent de plus en plus légère à mesure que la visite avance. Jusqu'à la rencontre avec les autres enfants. La spécialité de l'institut lui revient en mémoire : le polyhandicap. Elle avait compris qu'il accueillait une diversité de handicaps, mais visiblement cela semble surtout signifier que les enfants cumulent plusieurs handicaps. Une autre cour des Miracles qu'elle se refuse à traverser.

« Je suis désolée, cela ne va pas être possible, ces enfants n'ont rien à voir avec Solal. »

La directrice ne la juge pas, elle lui rappelle juste qu'il ne faut pas se fier aux apparences, certains enfants aux graves handicaps visibles sont beaucoup plus éveillés que Solal. Mais, bien sûr qu'il faut se fier aux apparences ! Ce sont les apparences qui font tout, qui faisaient d'elle une jeune femme moderne, mère célibataire de deux adorables enfants et cadre accomplie. Ce sont les apparences qui font que chaque matin, personne à son travail ne se doute de la nuit qu'elle a passée. Ce sont les apparences qui donnent ces instants de joie quand le regard des autres renvoie l'image dont on a envie. Et ce sont les apparences qui font que l'image de Solal au milieu de ces créatures ne rentre pas dans l'album. Épilepsie a la réputation d'être démoniaque, de posséder les corps maudits et les esprits impurs. Pourtant Solal est bien moins possédé que sa mère. Ne serait-ce pas elle la vraie possédée, aliénée par une image qui l'étouffe, enfermée dans la représentation de sa réussite ?

« Est-ce que vous avez le choix ? » lui demande doucement la directrice. Non, elle n'a pas le choix. Solal ne peut plus rester à la maison toute la journée avec la nounou à tendance narcoleptique qui le stimule le moins possible. Elle ne peut pas lui refuser une vie parce que ce n'était pas celle qu'elle avait prévue. Elle a la voix basse, et le regard… bas.

Ses copains découvrent le collège, Solal l'institut médical éducatif, une rentrée qui n'a rien d'une rentrée. Heureusement, sa sœur continue à offrir à sa mère les joies d'un septembre classique : le premier trajet où elles se joignent au flot des parents et des enfants qui se retrouvent après l'été, le suspense sur l'identité de l'enseignant, les fournitures encore vierges et… la réunion parents-professeurs en plein milieu d'après-midi. Un matin ensoleillé de cette première semaine, elle s'attarde avec les autres parents sur le trottoir. Après le débriefing sur les maîtresses, l'autre sujet incontournable est les activités extrascolaires, une discussion qui ressemble à une course à l'activité. Chinois, anglais, comédie musicale, yoga, poterie, couture viennent s'ajouter aux classiques danse, judo, piano. Elle voit la maman de Théo pâlir en se rendant compte que les autres enfants sont inscrits au cours de chinois alors qu'elle n'a pensé qu'à l'anglais pour son fils, c'est vrai que le chinois est un énorme plus dans une vie professionnelle. La mère de Chloé, qui a déjà repéré tous les trajets en trottinette pour enchaîner les activités, est prise d'un conflit intérieur : guitare et anglais, ça lui semblait déjà bien, mais il y a l'escalade et son mur près du périphérique, pénible à rejoindre en trottinette. Devra-t-elle acheter une trottinette plus performante ? Les mères doutent : j'ajoute ou je n'ajoute pas ? Même celle toujours en talons et bien habillée – qui annonce avec un chic très nonchalant que cette année, elle « ne s'est pas pris la tête », son fils n'est inscrit qu'à hip-hop et graffiti – perd discrètement sa contenance au fur et à mesure des discussions qui dévoilent le programme de réussite de l'année. Elle angoisse que son enfant passe à côté d'une compétence. Elle craint tout à coup qu'il soit cool, mais nul.

« Et toi, ton fils, il fait quoi ? » lui demande la mère débordée des quatre garçons qui a encore oublié que l'ancien ami de son fils n'était plus scolarisé.

Il ne fait rien. Après quelques secondes de tristesse qui la plongent, à nouveau, dans le deuil de l'enfant qu'il était, elle se sent soudain légère. Il ne fait rien, et c'est magnifique. Elle plane au-dessus de cette discussion qu'elle entend comme un bruit de fond lointain. Son fils ne participe pas au concours de talents. Il ne sera ni le plus sportif, ni le plus cultivé, ni le plus créatif. Personne ne lui demande d'exceller. Le seul sujet de sa vie est d'être lui-même. Solal s'est extrait de la course à la réussite, il s'est libéré de cette pression qui pèse sur les enfants comme sur les parents. Il a affranchi sa mère du devoir de réussir son éducation. Elle n'est pas jugée sur les activités qu'elle lui fait faire, elle est en dehors de ces discussions où sont échafaudés les plans de carrière d'enfants encore en primaire. Elle continue à écouter les autres mamans avec un sourire en coin ; les pauvres, même celles qui se targuent d'être très détendues sur le sujet se collent une énorme pression.

Elle hésite à leur suggérer des ateliers de culture de potager en salon ou de survie post-fuite nucléaire, pour réellement les préparer à l'avenir. Mais le cynisme n'est pas de mise en cette douce journée de septembre et elle passerait pour l'aigrie qui ne peut inscrire son fils qu'en psychomotricité. Au fond, elle est comme toutes les autres mères qui se doivent de réconcilier l'utopie d'une éducation ambitionnant le bonheur et la singularité de l'enfant avec la réalité du monde. Pour leur donner confiance en la vie, elles ont à taire leur angoisse face à la violence de la société, oublier que celle-ci condamne la marginalité pour laisser leurs enfants libres de leur destin, prôner la bienveillance envers les autres tout en sachant qu'ils seront blessés par ces autres. Peu importe la personnalité au départ, chaque femme, en devenant maman, se doit d'être utopiste, amnésique, schizophrène. La féminité plurielle se confronte à une maternité monolithique. L'essentiel à donner à son enfant est l'amour et la liberté de devenir soi-même. Mais on le veut heureux, le plus heureux possible, alors il est préparé au maximum à son futur par des parents remplis d'amour et d'angoisse.

Elle vit ce grand écart à travers son fils et sa fille. Sa fille peut être armée pour l'avenir, alors que Solal, du haut de son phare, incarne ce grand principe éducatif qui prône de laisser l'enfant devenir ce qu'il veut. Il a cassé le moule dans lequel on le faisait grandir. Il ne sera pas ce garçon brillant, généreux, responsable, entouré d'amis, musicien, sportif, cultivé et ouvert. Mais il est brillant, généreux, entouré d'amour, musicien, sportif et curieux. Il est tout cela à sa manière. Son cerveau réalise des exploits de compréhension malgré l'activité épileptique ; une armée d'anges gardiens l'entoure de leur amour ; les rythmes de la musique électro le font battre la mesure ; il passe des heures sous l'eau et détaille chaque dessin de ses livres. Solal force sa mère à l'aimer pour ce qu'il est, non pas pour ce qu'il sera ou pour ce qu'il réussit, ni même pour ce qu'il représente ou pour ce qu'il lui donne. Mais juste à l'aimer, à lui donner le plus d'amour possible et ainsi sublimer la souffrance.

Avec Solal, elle est dans le registre de la maman aimante : gestes de tendresse, paroles réconfortantes, encouragements. En retour, elle ne reçoit ni câlin, ni mot doux, parfois des sourires quand il est au sommet de sa forme ; l'ingrate Épilepsie lui impose un amour désintéressé. Pourtant, être une maman aimante ne suffit pas à faire d'elle une maman épanouie. Ce serait tellement plus simple si l'amour suffisait, alors toutes les mamans seraient heureuses. Mais personne ne fait des enfants juste pour donner tout l'amour possible à des êtres qui partiront. Une des raisons qui donnent l'envie d'enfants est que la maternité prend la forme d'une réalisation personnelle ; on s'affirme sur le dos des enfants. Solal la prive de cette réalisation.

En revanche, l'éducation de sa fille lui offre l'opportunité de façonner cette enfant qu'elle a conçue et dont elle est fière. Elle dit que, à la maison, elle a une 2CV et une Ferrari, et que la moyenne des deux est pas mal. Comme tous les propriétaires de voitures de sport, elle la veut impeccable, la peinture rutilante, les phares brillants et le moteur rugissant. Elle inscrit sa fille à trois cours de danse par semaine pour lui apprendre à maîtriser son corps. À sept ans, elle prépare seule son petit-déjeuner et son goûter, fait ses devoirs et prépare ses affaires pour l'école et pour chez son père. Elle est toujours bien habillée et bien coiffée, apporte des super cadeaux aux anniversaires de ses copines et aide à ranger avant de s'en aller, elle lit faute de télévision ou d'écran. Évidemment, c'est une des meilleures élèves de sa classe. Elle envoie des cartes postales à ses grands-parents et à ses maîtresses pendant les vacances scolaires. Elle porte les courses de leur voisine, angoissée de voir cette ancienne acrobate de quatre-vingt-quinze ans monter les six étages en fumant, responsable de ce reste de femme qui fait la même taille qu'elle. Elle ne regarde des dessins animés qu'en version originale, même si elle n'a jamais pris de cours d'anglais. Quand elle voit son frère se cogner la tête violemment pendant une crise et partir avec les pompiers, elle reste calme et continue de lire, elle attendra de longues heures que sa mère soit enfin disponible pour oser lui faire part de son inquiétude. Lors du calme retrouvé de ce câlin du soir après une journée rouge et hurlante, sa mère accueille les mots de sa fille qui résonnent avec son propre état qu'elle n'a pas encore réussi à analyser : « J'ai cru qu'il était mort. »

« C'est fini, mon Amour… Tout va bien maintenant, c'est fini Chérie… Chut, calme toi… Maman est là. » Elle est là, mais, encore une fois, n'a rien pu faire pour épargner ce traumatisme à sa fille. « La vie est dure, mon enfant. » Elle n'a pas besoin de le lui dire, sa fille le sait déjà. Elle veut la préparer à un avenir qui ne la ménagera pas, parce que la vie ne ménage personne. Elle voudrait lui apprendre à être autonome dans son quotidien, à avoir son monde intérieur, à savoir exprimer ses émotions à travers une activité artistique. Il lui faudrait des cours de théâtre pour oser prendre sa place dans le monde et assumer sa voix, de dessin pour s'inventer un univers imaginaire où elle pourra se réfugier quand la réalité sera trop dure, d'un sport collectif pour être bienveillante et attentive aux autres. Alors sa fille cumule les activités, une façon aussi de lui offrir une vie en dehors de l'emprise d'Épilepsie. Celle-ci lui a fait avaler depuis longtemps son besoin de perfection, il n'est plus question qu'elle le transmette à sa fille. Mais elle lui a donné les armes pour la combattre : prendre goût à ce qu'elle fait, s'y impliquer au maximum pour se nourrir d'autre chose que de crises et de souffrances. Elle les ajoute à la liste des choses qui prépareront sa fille à son futur.

Alors on en était là. Dans le bureau de la directrice de l'institut, je déroulais dans ma tête le film des onze dernières années. Toute cette énergie pour finir par remercier le ciel de cette chance d'avoir une place dans un centre pour enfants handicapés. Je fus prise d'une grande lassitude. L'absurdité, non pas de cette nouvelle étape, mais de tout ce que j'avais eu besoin de tenir pendant toutes ces années pour rien, me sautait au visage. Jusque là, je n'avais pas voulu du monde auquel on était censés appartenir, ni de l'hôpital et de son concentré de souffrances, ni de l'institut où les douleurs de chaque enfant et les contraintes qui pesaient sur les parents me prenaient à la gorge. Je n'avais pas voulu me confronter à tout cela, il y avait trop de malheurs. J'avais peur qu'en faisant évoluer mon fils dans ce contexte, il grandisse avec l'idée qu'il était un enfant handicapé.

Comme Mowgli qui s'était cru loup parmi les loups. Tandis que je crachais sur les enfants dont elle s'occupait, la directrice ne jugea pas l'absurdité de ma réaction, mieux, elle m'offrit sa compassion. J'eus honte de la peur voire de l'aversion que m'inspirait ce centre, de mon refus de voir la réalité en face. Honte de ne pas réussir à voir les merveilleuses qualités morales qu'un lieu, où des adultes dédient leur vie à s'occuper d'enfants handicapés, pouvait receler. Ma peur peut paraître ridicule face à la réalité du handicap de mon fils et de son autonomie réduite à presque rien. Mais je croyais qu'à tout moment, sa maladie pouvait cesser et qu'il fallait le laisser autant que possible dans la *vraie vie*, pour lui donner envie de s'y maintenir. Je voulais qu'il continue à être stimulé, à rester dans la norme pour la faire bouger et qu'elle l'intègre plutôt qu'elle l'éjecte dans une vie parallèle. J'y croyais, je ne peux pas m'en vouloir d'avoir tenté de m'accrocher là où il n'y avait plus de prise depuis longtemps. Aujourd'hui c'est cette expression de « vraie vie » qui me paraît vide de sens. Son absurdité me fait sourire.

Naturellement, je reportais mes frustrations de mère sur ma fille. Naturellement, car il me semble inévitable pour une mère, dont l'épanouissement en tant que femme est contraint par la maternité alors même que cette maternité la plonge régulièrement dans l'échec, de reporter son besoin de réalisation sur ses enfants. Elle compensait mon besoin inconscient de réussite maternelle dont mon fils me privait, tout comme elle compensait l'extrême dépendance de son frère par une grande autonomie, son corps souffrant et handicapé par une totale normalité. Elle subissait un double enfermement, celui d'une éducation qui la poussait à faire toujours plus, à davantage performer que s'écouter, et celui du contrepied à la vie de son frère. J'avais conscience de cette double peine, mais restais très ambivalente sur le sujet. Sa façon de ne pas faire de vagues, de vivre sa vie en pesant le moins possible sur nous, était salvatrice. Bien sûr elle s'oubliait au passage, faisait passer les autres avant elle, mais elle nous épargnait des soucis au quotidien que je n'aurais sans doute pas eu la force de gérer en plus du reste. Elle contribuait très largement à l'effort de guerre et je lui en étais reconnaissante.

Son éducation était un mélange ambigu de continuité et de rejet de mon propre conditionnement. Je n'avais pas tellement le contrôle sur la transmission de mon besoin de réussite, il semblait aller de pair avec les yeux marrons et les fossettes dont elle avait hérité. En revanche, je voulais l'emmener vers l'indépendance absolue, la liberté d'avoir le plus de choix possible pour entamer sa future vie d'adulte. L'aimer, c'était lui donner le maximum d'autonomie, l'armer pour résister aux tendances infantilisantes de la société qui m'avaient fait tant de torts. Mais quelle autonomie lui offrais-je quand je lui apprenais à devoir tout faire bien, quand la performance était sous-jacente à chacun de ses apprentissages et soumise ainsi aux jugements des autres ? Pouvais-je lui apprendre à s'aimer comme elle était alors que je faisais tout pour développer chez elle toutes sortes de compétences ? Il faut être libéré du regard extérieur pour repenser entièrement ses principes éducatifs, je ne l'étais pas encore.

Mon fils me mettait face à d'autres questionnements : que restait-il de mon ambition maternelle de rendre mon enfant heureux, quand les épreuves le plongeaient dans le malheur ? La maladie avait tout dépouillé pour ne laisser que l'essentiel : il n'y avait pas de réalisation possible, il n'y avait que l'amour. Elle me donnait à voir la raison d'être de la relation mère-enfant, me rappelait ce que mon cœur avait toujours su. La mère n'a pas à se substituer au monde. Je pouvais déléguer les soins de mon fils, puisque j'étais la seule à l'aimer comme je le faisais. Venant de moi, il n'avait besoin que de ça, de l'amour absolu, inconditionnel. Grâce à lui, je m'approchais enfin de l'essence de ma maternité que j'avais cherchée pendant des années, me perdant dans les forêts obscures et maléfiques du devoir.

Et toi, qu'est-ce que tu regardes ?
T'as jamais vu une femme qui se bat
Clara Luciani, *La Grenade*

Il y a comme une accalmie, le vent qui souffle un peu moins fort, la différence est légère mais suffisamment présente pour qu'ils se regardent tous un instant, surpris de cette amélioration qu'ils n'espéraient plus. L'intégration de Solal dans l'institut pour enfants handicapés lui offre un quotidien structuré et bienveillant qui endort Épilepsie. Il reprend progressivement pied avec la vie tandis qu'elle se calme. Les mois où il atteint une centaine de crises généralisées se font rares désormais, il se stabilise autour de soixante, soixante-dix épisodes épileptiques avec, surtout, l'incroyable nouveauté de nuits sans convulsions, parfois même deux ou trois nuits de suite. La descente infernale s'est arrêtée, peut-être étaient-ils déjà au fond ? Mais cette garce d'Épilepsie ne fait que feindre le détachement. Quand elle le laisse tranquille pour quelques nuits, le regain d'énergie de Solal se double d'une concentration de semaines, voire de mois de frustration, qui explose à la moindre contrariété. Comme dans un jeu vidéo où la difficulté s'accroît de monde en monde, Épilepsie corse les épreuves, elle n'a visiblement aucune limite et fait preuve d'une créativité écœurante. Dans ce monde-là, Épilepsie est particulièrement perverse car elle fait endosser le rôle du méchant à Solal. Leur bébé *Jedi*, guerrier si courageux, passe du côté obscur de la force et sa mère préfère se cacher les yeux avec ses macarons en cheveux que de voir ça.

Elle n'a pas d'autre choix que de l'emmener avec elle pour déposer à l'aéroport sa fille qui part seule en avion, il est en forme aujourd'hui, tout devrait bien se passer. L'imprévisibilité de Solal lui a fait prévoir une marge de sécurité, ils sont très en avance et la compagnie aérienne ne prend pas encore en charge les enfants non accompagnés. Ils doivent donc attendre dans un lieu que Solal ne connaît pas et où l'agitation et le bruit général lui font l'effet de mille petites agressions. Il commence à s'agiter, à vouloir s'éloigner, elle le rassoit chaque fois. Sa fille, qui appréhende déjà son premier voyage seule, s'inquiète devant l'agitation de son frère et anticipe le pire. Quand vient le moment de l'enregistrement, sa mère tient fermement le poignet de Solal pour qu'il les suive jusqu'au comptoir. D'une main, elle tend le billet et le passeport de sa fille à l'hôtesse, visiblement rassurée que ce soit elle et non pas Solal qui voyage. Un instant, elle lui lâche la main le temps de déposer la valise sur le tapis, il en profite pour grimper sur celui d'à côté qui est en train de faire glisser un sac vers le tapis principal où il sera bientôt avalé par de grosses franges en plastique jauni. Les hôtesses crient sans bouger, elle saute de l'autre côté du comptoir et le rattrape juste avant qu'il n'atteigne le tapis principal, écrasant au passage le sac, ce dont les propriétaires ne manquent pas de se plaindre. C'est vrai, elle pourrait mieux l'élever quand même, on n'a pas idée d'avoir un enfant aussi insupportable. De retour sur les chaises en métal pour attendre l'embarquement, elle l'assied sur ses genoux et enserre fermement sa taille de ses deux bras, il gesticule comme un poisson hors de l'eau. Sa fille se fait toute petite, son visage semble impassible mais sa mère reconnaît son rose aux joues d'émotion, elle a sans doute envie d'être déjà dans son avion, très loin de son frère et de tous ces regards braqués sur eux. Elle peut enfin rejoindre les autres enfants et sa mère la voit s'éloigner avec son sac à dos et sa petite carte en plastique autour du cou, navrée qu'à l'angoisse du voyage vienne s'ajouter le stress des éclats de son frère.

Est-ce à cause du départ de sa sœur ou parce qu'il comprend qu'il ne part pas ? La colère de Solal monte d'un cran, elle atteint son paroxysme. Il se débat de toute sa force, tente de mordre sa mère, elle le tient d'une main puis de l'autre, sans lâcher, malgré les coups de pied dans les tibias. Elle ne pense qu'au risque qu'il se mette à courir, qu'elle le perde dans l'aéroport, qu'il disparaisse dans ce lieu à la croisée des mondes. Elle redouble de force pour le tirer, elle sent ses bras gagner vingt centimètres sous l'effet de l'extrême étirement. Il ne veut pas la suivre, s'arc-boute sur ses pieds, finit par s'affaler au sol. Le carrelage glissant est sa chance, elle la saisit. Elle traverse tout le terminal de l'aéroport en traînant son fils par terre, comme d'autres tirent leur valise à roulettes.

La scène se répète. Chaque fois ils en sortent tous les deux sonnés par l'uppercut de ces confrontations archaïques. La joie de voir Solal s'éveiller petit à petit se voile de l'appréhension de ses colères. Cet enfant acide dit non, il dit non à tout, à la maladie, aux crises et à tout le reste. Il n'est pas content et il a de quoi. Il sort de son apathie comme un Gremlin à qui on aurait donné à manger après minuit ; il semble possédé d'une fureur exponentielle. De l'épicerie, elle a extrait de force son fils et le ligote de ses bras pour le forcer à marcher jusqu'à la maison. Pour atteindre la voiture, elle tient la nuque de son fils dans un étau pour ne pas qu'il s'enfuie. Dans l'escalier de leur immeuble, elle fait descendre son fils sur le dos en le tirant par les jambes pour l'obliger à aller à son institut. Quinze centimètres et dix kilos à peine les séparent ; l'issue de ces épreuves physiques est de plus en plus incertaine à mesure que Solal grandit. Son ex veut lui apprendre les prises de ju-jitsu qu'il utilise pour bloquer leur fils, il s'en sert autant pour contrer Solal que pour canaliser sa force à lui. Ses muscles comme un vague souvenir, elle a davantage besoin de décupler ses forces que de s'entraîner à ces drôles de rotations de bras. Elle n'y connaît rien, en plus, elle va finir par fracturer le coude ou le pouce de son fils. De toute façon, elle sait que dans l'action, elle ne pensera plus et ne pourra compter que sur ses réflexes.

Son cœur s'arrête de battre et sa tête de penser quand elle doit lui faire mal. Elle ne sent que la poigne de sa main sur la peau de son enfant, que les coups et les morsures qu'elle essaie d'éviter. Elle n'a pas d'autre choix, il est hors de question qu'il lui échappe. Deux mois auparavant, un jour où sa soif d'autonomie était plus forte que tout, Solal s'était dégagé du bras de la nounou amortie qui n'avait pas réussi à le rattraper. Ses parents n'avaient jamais compris comment cela avait pu arriver, seule restait sa disparition, deux heures et quarante-cinq minutes avant qu'il ne soit retrouvé par la police à presque trois kilomètres de chez eux. Elle ne desserre donc pas son emprise. Rien ne l'a préparée à devoir faire usage de force face à son enfant, cela n'a jamais fait partie de la panoplie que mère Parfaite lui a collée sur le dos. Pourtant, ce corps-à-corps est une façon de prendre soin de lui. Alors c'est aussi *ça*, être maman ?

Elle le déteste de lui faire vivre cela, elle se déteste de ne pas trouver d'alternative. Il l'oblige à faire face à toute la noirceur qu'elle a en elle. Elle lui en veut de la confronter au faible poids de son amour face à la vague de colère qui la submerge et dont elle ignore l'origine et la puissance. Épilepsie n'est plus le monstre, c'est elle le monstre, incapable de faire usage de force physique sans violence, se transformant en sorcière écumant de rage devant sa fille. Ces affrontements la remplissent de dégoût, lui enlèvent toute dignité. Elle en sort anéantie, ne reste d'elle qu'un être non évolué, animé par des instincts primaires qui balayent sur leur passage culture et éducation. Elle pense aux centaines de romans, biographies, récits historiques qui auraient dû raffiner suffisamment son esprit et son cœur pour lui dicter la juste et noble attitude. Lectures vaines... Sauf la mythologie à laquelle elle se raccroche. Les dieux maltraitent constamment leurs enfants, peut-être n'est-elle que l'héritière misérable de leur férocité. Épilepsie ne s'est éloignée quelques jours que pour mieux les voir se débattre et souhaiter son retour. Elle ne le dira jamais mais elle préfère voir son fils éteint par les crises, prendre soin comme d'un bébé d'un corps adolescent, plutôt que lui faire du mal. La honte vaut mieux que la violence.

Épilepsie est corrosive, elle décape sans états d'âme le vernis social de la maternité. Personne ne peut comprendre une telle scène, les gens hésitent à l'aider elle ou Solal. Qui subit la violence de l'autre ? Qui est le plus en difficulté ? Le trouble de la situation crée un malaise qui éloigne tout le monde. Totalement dissociée, elle regarde la scène d'un œil extérieur. Elle voudrait s'expliquer, se justifier ; non elle n'est pas cette maman-là qui meurtrit son enfant, elle n'est pas cette femme qui est remplie d'une colère féroce. C'est injuste qu'ils la jugent sur cet instant, c'est un accident dans sa vie. Elle implore leur clémence jusqu'à ce que l'effet de la dissociation s'estompe et qu'elle devienne pleinement consciente de la réalité. Dans le regard de son fils, elle rencontre l'incompréhension et la douleur. Alors c'est son pardon qu'elle implore intérieurement. Maman ne voulait pas te blesser, mon Amour, pardonne-moi.

Et à elle, qui va lui demander pardon pour le coup qu'elle vient de se prendre ? Qui va s'excuser de lui enlever l'avenir de son fils ? Le médecin qu'elle ne connaît pas paraît certes désolé après l'annonce du diagnostic, mais ce n'est pas un pardon. Presque deux ans qu'ils recherchent sans succès l'origine d'Épilepsie dans ses gènes. Ce sont finalement les analyses de son métabolisme qui n'élucident en rien la cause mais lâchent le verdict : neurodégénérescence. Le médecin dessine des bulles, des ronds à l'intérieur des bulles, des flèches entre les bulles, ils n'ont rien compris à part sa dernière phrase : « Il ne guérira jamais, il va continuer à se dégrader, la seule chose qu'on ignore est la vitesse à laquelle cette dégradation va avoir lieu. » Puis il les laisse seuls avec la feuille, elle et son ex, muets devant ce dessin enfantin qui condamne la vie de leur enfant. Solal est la victime, pourtant elle ressent l'ombre du jugement dans le monologue qui vient de s'achever. Ce diagnostic tombe comme une sentence, aucune défense possible, aucune remise de peine. Toujours en silence, ils glissent plus qu'ils ne marchent sur le sol en lino jusqu'à la chambre de Solal. Il n'attend rien des médecins, ils ne lui disent rien, que pourraient-ils lui dire de toute façon ? C'est trop tôt, trop violent, trop. C'est au tour du père de Solal de passer la nuit avec lui, elle peut quitter cet environnement encore plus haï que d'habitude. La nuit dernière, ainsi que les précédentes, passées sur ce fauteuil en skaï qui s'incline à peine et sous les lumières permanentes du service, l'ont épuisée. Elle pourrait retrouver le confort de son appartement, de son lit, dormir sans risque de réveil nocturne mais elle reste. Elle n'arrive pas à le laisser. Demain, elle aura réalisé, demain son fils aura changé, il sera l'enfant qui se dégrade. Ce soir, c'est encore l'enfant qui peut guérir, elle ne veut pas le quitter, elle veut laisser la réalité accrochée au petit dessin qui doit, à cette heure, être froissé dans une corbeille, taché de café. Il n'est plus rien ce dessin, Solal est encore un tout, non dégradé, leurs espoirs restent entiers.

Elle finit par quitter la chambre, puis l'hôpital, passe à côté du métro sans le prendre, elle ne regarde que ses pieds, sa tête est vide, il y a juste ses pieds qui avancent, sans s'arrêter. Elle marche, le quartier change, elle ne s'aperçoit de rien. Un pas, puis l'autre, elle voudrait revenir en arrière, jusqu'à l'hôpital, jusqu'à la chambre de son fils, le prendre dans ses bras et décider de ne jamais aller parler à ce médecin, de ne pas voir son dessin. Un pas, puis l'autre, elle suit ses baskets dorées, réveillées par les réverbères, elle est glacée en cette soirée d'été. Tout à coup on la débranche, elle n'est plus capable du pas d'après, son corps ne répond plus, elle se traîne jusqu'au banc le plus proche. Elle attend que la violence du diagnostic se dégrade elle aussi, le coup va bien finir par s'estomper, elle n'en est pas à son premier coup, elle connaît. Sur ce banc public, elle va rester dans la solitude de cette nouvelle, le temps de reprendre quelques forces. Puis elle va recommencer à marcher, elle ira même au concert d'une chanteuse de rock iconique des années 1970 dont les tubes mal réchauffés lui feront passer le goût de la nostalgie. Elle va continuer à avancer, c'est la seule chose qu'elle sait faire. Elle pleurera plus tard. Peut-être.

J'avais écouté sans rien dire le jugement des médecins aussi définitif que pauvre en faits scientifiques. Le choc, tout comme les explications hermétiques, m'avait privée de mots. Il n'y avait que la douleur alors que l'espoir de guérison s'arrachait à mon cœur. Le diagnostic officialisait l'extrême gravité de son état et nous faisait basculer définitivement dans la catégorie des familles *à cas*.

Contre cette catégorisation qui nous privait de toute ambition, il fallait lutter. Tout autant que contre leur implacable diagnostic. Sa dégradation serait-elle d'abord motrice ou cérébrale ? À quel stade son cœur commencerait-il à se détériorer ? L'était-il déjà ? Dans un élan commun avec son père, nous avons refusé leur diagnostic qui ne laissait aucune chance à notre fils. Nous lui devions sa liberté entière, nous empêcher de l'infantiliser et de nous laisser infantiliser par des schémas faussement naïfs. Mon fils deviendrait l'enfant qu'il voudrait, personne ne pourrait décider de son avenir. Et je ferais tout pour l'aider dans ce sens. Tout.

Vide la tasse.

Nan-in, maître zen

Dans sa jupe crayon en tweed multicolore volontairement déchirée par endroits, elle marche aussi vite qu'elle peut pour minimiser son retard et se maudit de ne pas avoir choisi sa longue jupe noire en mousseline de soie plissée et ganse en dentelle avec laquelle elle aurait pu courir. Il est vrai que la nuit avait été trop dure pour s'envelopper de noir, mais pourquoi s'obstiner à porter des jupes aussi étroites ? Elle s'est éclipsée dès qu'elle a pu de la réunion qui s'éternisait, l'obligeant à un départ prématuré qui n'a échappé à personne. Contente de n'avoir que quinze minutes de retard, elle s'écroule, essoufflée, les cuisses collantes, en face de la pédopsychiatre qui suit désormais sa fille, pour le rendez-vous bilan avant les grandes vacances. L'occasion de revenir sur la stabilité que leur a offert l'intégration de Solal dans l'institut spécialisé, sur l'aide qui la soulage de quelques nuits de veille, sur la nouvelle organisation de la garde alternée de sa fille lui permettant des moments seule avec elle, sur le plaisir et l'intérêt de son nouveau métier. Malgré le rythme qui reste extrêmement intense entre ses enfants, son travail, son homme, ce temps du bilan lui fait réaliser qu'elle subit beaucoup moins. Elle n'est plus la passagère sidérée qui regarde un quinze tonnes leur foncer dessus, elle s'accroche à nouveau au volant, luttant coude à coude avec Épilepsie qui reste déterminée à maintenir la direction.

Elle pense à la façon dont elle est capable désormais d'apprécier les différentes facettes de sa vie, un sourire de son fils, une soirée seule avec sa fille, un sujet intéressant au bureau, un dîner avec ses amies. Épilepsie lui a appris à y chercher du plaisir et elle a tout juste retrouvé le minimum d'énergie pour en être à peu près capable. Dans son siège un peu trop mou, elle se redresse petit à petit, fière de cet exigeant équilibre, et finit son bilan sur un grand sourire. Les quelques secondes de silence qui suivent lui font imaginer que la séance va s'arrêter sur cette note positive, on va mutuellement se féliciter pour le chemin parcouru et se souhaiter de belles vacances. Mais la petite pédopsychiatre en a décidé autrement. « Vous dites que vous êtes bien dans votre vie mais je ne le sens pas. Ce n'est pas vrai, vos enfants non plus ne doivent pas y croire, ils se rendent bien compte que vous n'êtes ni sincère, ni vous-même. »

Les yeux plissés, la bouche serrée, la thérapeute vient d'appuyer de son index manucuré et vulgairement bagué sur le bouton rouge. Elle sent la déflagration atomique à l'intérieur d'elle-même ; toutes ces petites bombes que chaque jugement et chaque injustice avaient armées, l'une après l'autre, pendant toutes ces années, fusionnent pour l'explosion ultime. Elle repense aux dernières vingt-quatre heures durant lesquelles elle a géré les vingt crises de son fils, à sa nuit blanche, à son cœur qui s'arrête à chaque épisode, à la tristesse de sa fille de voir son frère souffrir, au sourire qu'elle affiche en passant la porte-tambour de son bureau. Aujourd'hui, en effet, elle n'est pas une mère épanouie. Et il faudrait s'en excuser ce jour-là alors qu'elle met tout en œuvre pour l'être, ne lâchant rien de son besoin de vivre sa vie à elle, indépendamment de ses enfants ? À moins qu'en réalité, ce qui gêne, ce pourquoi elle devrait demander pardon, ce soit d'avoir affirmé qu'au fond, elle se sentait bien malgré la souffrance de son enfant, d'avoir osé cette indignité ?

À cet instant, elle sent, encore une fois, l'obligation de résultat qui pèse sur elle. Elle sait que la thérapeute n'aurait jamais dit cela au père ; au contraire, elle aurait salué l'effort, encouragé son implication. Les pères ont juste à essayer, les mères doivent réussir. Une fois de plus aujourd'hui, on lui renvoie qu'elle n'en fait pas assez, alors qu'elle en fait des tonnes, tout le temps et pour tout le monde. Elle refuse de mettre sa fille sous l'influence d'une pédopsychiatre qui, de toute sa partialité, enferme les femmes dans des schémas ancestraux. Épilepsie la terroriste vient à son secours ; elle qui a pris en otage son fils, bourré d'explosifs son lit, lui souffle la sortie de scène. Elle plastique le petit cabinet de la petite pédopsychiatre ; les Barbie volent, la chevelure enflammée, la maison de poupée implose, les dessins se consument. Au moment de refermer la porte, elle aperçoit les pieds du trône de la thérapeute s'écrouler et lui jette sa culpabilité, trophée carbonisé qui lui revient de plein droit. La pauvre, elle vient de prendre pour des années de compromis et d'excuses.

Impossible de s'enfermer dans les transports en commun après cette claque. Elle a un besoin vital de grands espaces. À défaut de l'horizon sans fin de paysages sauvages, elle remonte à mi-cuisse sa jupe crayon et parcourt les trottoirs de la ville, avance en zigzag pour allonger au maximum sa route, le temps de dissiper la fumée qui sort de ses narines. Ses pas déroulent la scène chez la pédopsychiatre, puis la rembobinent pour un énième visionnage qui continue à alimenter sa combustion intérieure. S'y superposent le moment dans la petite salle de l'hôpital où l'avenir de son fils a été condamné par trois traits de crayon, le regard apitoyé du directeur de l'internat pour enfants épileptiques et sa tête qui dit non, la bouche pincée de la maîtresse et sa tête qui dit non, les expressions de pitié et de dégoût des inconnus dans la rue… Elle voudrait prendre ses enfants dans les bras, leur boucher les oreilles pour les protéger de ces voix qui la hantent « trop handicapé… il ne guérira jamais, jamais !… anormal… il ne comprend rien… vous n'y arriverez pas… on ne peut rien faire pour vous… et sa sœur, vous y avez pensé ?… » Sa colère allume un grand bûcher intérieur pour y brûler tous ces jugements et ces coups, elle invoque le feu pour se purifier de la violence des autres. Elle devrait peut-être se mettre à courir comme Forrest Gump, ne jamais s'arrêter, continuer toujours tout droit sans regarder en arrière, mettre la plus grande distance possible entre sa vie et elle. Mais elle déteste courir. Rien que d'y penser, elle sent le point de côté brûler.

Alors, elle opte pour le seul remède à la tristesse comme à la colère, à l'ennui comme à l'envie de folie, à l'égocentrisme comme à la malveillance : les livres. Elle laisse la petite pédopsychiatre carbonisée et les autres figurines noircies à l'entrée de sa grande librairie. Elle connaît par cœur le rangement thématique, mais erre comme si elle le découvrait pour la première fois. Elle remonte les tables présentant les livres d'histoire auxquels succède une petite, mais bien pensée, sélection de livres féministes, collés étrangement à la rubrique de développement personnel. Là, elle est interpellée par les titres manuscrits et les couvertures dessinées sur fond pastel du thème du moment : les mauvaises mères. Elle découvre une littérature qui prône de tout envoyer valser, de se libérer des innombrables recommandations martelées auprès des mères, d'être mère à sa façon. Séduisant, cet appel aux armes ; après le cocktail Molotov qu'elle vient de lancer, il colle parfaitement à son état d'esprit. Elle ne supporte plus l'étroitesse du rôle de maman, unanimement caractérisé par la vision conventionnelle de la féminité. Aujourd'hui, elle n'est pas cette femme dépendante, douce, et sensible, pas plus qu'elle n'est cette mère perpétuellement aimante et disponible. Elle refuse cet amalgame. Elle peut être un peu de tout cela, mais pas seulement et pas tout le temps.

Elle veut la liberté et l'irrévérence de son fils, elle a les envies de son époque. Les premières années de Solal, elle l'observait attentivement au square. Bien ancrée dans ses schémas, elle avait peur que son fils soit une chiffe molle, qu'il fasse partie des garçons qui se font asticoter par les autres plutôt que de ceux qui savent s'imposer. Il n'est devenu ni l'un ni l'autre, Solal a donné à sa mère le goût de se battre. L'épreuve crée le courage, tout comme la frustration crée le besoin de liberté.

Au début de sa maladie, Solal avait eu une crise partielle, comme une longue absence, assis devant les buts de la cour de récré. Depuis quelques semaines déjà, il était trop fatigué pour jouer au foot avec ses copains. Ils n'avaient pas compris l'absence de réaction de Solal, lui avaient intimé de se pousser ; ils lui avaient crié dessus, l'avaient molesté, leur colère alimentée par la frustration de n'obtenir aucune réaction. Un garçon lui avait donné un coup de poing dans le ventre. Le soir, Solal avait raconté sans comprendre. Il ne connaissait pas encore les crises partielles qui créent des absences. Il se souvenait juste qu'il s'était assis pour se reposer et qu'on l'avait frappé. « J'ai senti comme si je pleurais à l'intérieur pour ne pas que ça se voie. »

Elle n'avait pas compris comment un enfant de huit ans en arrivait à cacher son chagrin. Elle avait eu peur d'avoir perpétué cette éducation qui apprend aux garçons à se mordre la lèvre plutôt qu'à pleurer, à encaisser sans broncher ou en frappant plutôt qu'à partager leurs émotions. Aujourd'hui, elle aussi, elle « pleure à l'intérieur pour ne pas que ça se voie », elle ne sait ni en parler ni provoquer l'empathie chez les autres. Elle a la fierté mal placée de ceux qui sont incapables de partager leur souffrance ou de demander de l'aide. Elle s'est construit une armure pour tenir à distance la douleur. Elle se dit que les hommes font la même chose, mais ne sait pas très bien comment ils parviennent à l'exprimer. Ce ne sont pas les qualités traditionnelles des mères, et pourtant, c'est ce qui lui permet de faire face à la souffrance de son fils.

Un instant, elle se reconnaît dans ces couvertures faussement libératrices. Cela la renvoie-t-il dans la case des « mauvaises mères » ? Non ! En fait, elle dit non à tout, elle ne va pas quitter un modèle pour en adopter un autre et déployer autant d'efforts pour être une « maman cool ». Elle est comme elle est, elle a de son petit garçon en elle et il a de sa maman en lui. Cela leur appartient. Fini les injonctions, elle tourne le dos à cette tyrannie du cool. Elle ne voit pas d'ailleurs en quoi laisser ses enfants se gaver de chips en guise de dîner devant leur troisième film de la journée pendant qu'elle ferait sa manucure en fumant une cigarette la rendrait heureuse ! D'ailleurs elle ne fume pas.

Une grande inspiration avant d'ouvrir la porte de chez elle ne lui suffit pas à canaliser la tension électrique qu'elle propage malgré elle. Elle lâche avec fracas son sac dans l'entrée, se défait en pestant de sa jupe étroite, claque les portes de placard de la cuisine. Sa nervosité épaissit l'air derrière lequel ses enfants aimeraient bien disparaître le temps qu'elle se calme. En voulant l'aider à préparer le dîner, sa fille casse un plat. Pour une fois, elle pleure, elle en est même inconsolable. Faire une bêtise lui est tellement étranger qu'elle se sent tomber dans un gouffre de déception et d'imperfection. Elle ne peut pas décevoir sa mère qui a déjà tant à porter avec son frère, elle n'en a pas le droit. Elle verse des années de larmes, elle pleure tous ces moments où elle a pris sur elle, le menton un peu rentré, pour ne pas faire de vagues. Sa fille dans les bras, elle baisse les armes. Elle s'est perdue en chemin. Elle doit libérer sa fille de l'injonction tacite de devoir toujours faire plus, du besoin de développer talents et compétences pour compenser la sensation de n'être jamais assez : pas assez appliquée à l'école, ni assez souple à la danse, ni assez créative au dessin, ni assez à l'aise sur une scène, ni assez douée en piano… Assez ! Sa fille a déjà tout en elle, elle n'a qu'à lui en faire prendre conscience par son amour et sa confiance. En la préparant à devenir une adulte responsable de sa vie, tandis qu'elle n'avait aucune ambition pour Solal dont l'avenir était trop incertain et douloureux pour se projeter, elle faisait vivre ses enfants sur deux temporalités différentes. Elle pensait offrir le meilleur à sa fille, l'aimer en la faisant grandir, se développer. Elle imaginait l'aimer mieux que Solal mais réalise que c'est peut-être l'inverse.

Les pleurs de sa fille ont lavé le vernis d'un avenir figé. D'une main, elle retient fermement ses doigts, de l'autre, elle s'ancre dans le présent. Elle pose les nouveaux jalons de son éducation, créés par Solal : être libre de ses envies et de ses passions, ne pas laisser les autres décider de sa valeur, savoir que sa vie est sacrée. Elle veut apprendre à sa fille ce que son fils lui a appris : quelles que soient les épreuves, elle aura la force et le courage pour y faire face ; elle peut avoir confiance en la vie, rien n'est fait pour nous écraser, ma Chérie.

Corps et âmes, il faut s'attacher à soi-même.
Équilibre. On change en même temps que soi.
On ne saurait se décevoir.
Tu marches dans tes propres pas.
Nul danger de perdre ta trace.

Claude Cahun, *Aveux non avenus*

Douze bougies qui flambent tranquillement sous le regard de Solal, indifférent à ses cousins qui le pressent de souffler. Il les regarde jusqu'à ce qu'il n'en reste qu'un petit fil noirci au fond d'une pâquerette en plastique. Et là il sourit. En douceur, il impose sa poésie du moment. C'est son anniversaire, mais c'est lui qui offre à sa famille de vivre différemment cet instant, de préférer suspendre le temps plutôt que de se précipiter pour faire disparaître la chaude lumière sur les visages qui encerclent le gâteau.

Son extrême lenteur due à l'épuisement général de son corps et de son cerveau est un manifeste. Elle dicte une autre vision de la vie. Solal est l'éloge d'un monde où tout peut ralentir jusqu'à l'extrême, où un bain ne dure pas moins d'une heure, où un film, après le premier tiers, est remis au début, plusieurs fois de suite. Le temps de l'histoire est pour sa mère l'épreuve ultime, dernière étape d'une soirée déjà longue. « Alors, mon Amour, tu veux lire quel Babar ce soir ? », la première question sur un ton encore joyeux donne le départ d'une *non-course*. Après les cinq premières minutes, elle maintient un ton enjoué pour répéter la question. Dix minutes après, le ton devient factuel. Au bout d'un quart d'heure, c'est une supplication. Elle ne peut rien faire en même temps, si elle sort de la chambre ou s'active à la ranger, elle démobilise complètement Solal de son objectif et il se met, ô comble, à l'attendre. Parfois, elle consomme le temps sur son téléphone, dix minutes sont vite passées ainsi, mais à oublier son fils, elle le retrouve le nez en l'air, absorbé dans la contemplation du mur. À vingt minutes de réflexion, elle devient carrément pressante et, peu après, lui balance sèchement : « Bon, on va lire *Babar et le Professeur Grifaton.* » Le silence qui suit lui fait croire qu'elle a remporté la victoire, elle s'installe sur le lit et ouvre le livre. « Non, pas ça. » Et les voilà repartis pour un tour, avec un Babar d'éliminé sur trois, c'est déjà ça. C'est long quarante minutes à choisir une histoire, pour quelqu'un qui a travaillé dix heures de suite, qui a encore le dîner à ranger, des mails à envoyer, une lessive à sortir, quand il est déjà 21 h 30 et qu'il faudra dans trois heures à peine gérer les premières convulsions.

Chaque crise efface ce qui l'a précédé, cette amnésie ancre Solal, de fait, dans le présent. En ce jour d'anniversaire, il est très en forme. Il se réjouit de le fêter avec ses deux parents ; il ouvre minutieusement ses cadeaux ; il est fier de sa montre, peu importe qu'il ne puisse pas lire l'heure. Pour lui et pour les autres, la montre n'est de toute façon qu'un signe extérieur d'affirmation. Comme les années précédentes, la nuit où il gagne une année lui fait perdre tous les souvenirs de la journée, son anniversaire plonge dans le néant de l'oubli, peut-être quelques réminiscences survivent-elles dans un coin de son cerveau. Au réveil, il regarde à peine la montre qu'il avait précieusement posée sur la table de nuit. Sa mère lui propose de la mettre, il pose les yeux sur son cadeau de la veille avec l'air de se demander d'où il peut bien débarquer. Elle en pleure de rage et voudrait étrangler

Épilepsie qui a mangé tout le gâteau de son enfant et jeté ses cadeaux à la poubelle. Si peu de choses dans sa vie lui apportent de la joie, ses anniversaires sont des moments essentiels à son bonheur. Épilepsie n'a pas la clémence de lui en laisser des souvenirs, qu'il pourrait convoquer quand les jours seraient plus sombres, qui pourraient le réchauffer et installer un sourire dans son cœur. Mais c'est elle qui ne comprend rien à la vie de Solal. Il a vécu une journée remplie de moments joyeux : en quoi s'accrocher à ces moments révolus le rendrait-il plus heureux ? Peu importe ce dont il se souviendra demain ou ce dont il sera capable. Chaque instant la renvoie à cette réalité : il vit ici et maintenant, à elle de se libérer de ses projections pour le suivre. Il attrape la montre, finalement, peut-être prenait-il juste le temps de l'observer avant d'en apprécier le porté ? Va-t-il chaque matin découvrir son cadeau comme s'il lui avait été offert pendant la nuit, miracle répété de jour en jour ?

Solal est le magicien qui étire le temps, qui efface toutes les activités d'une journée, qui gomme la frontière entre le jour et la nuit. Le temps n'a plus de valeur, le temps a sa valeur. Il crée un mouvement auquel les autres n'ont pas d'autre choix que d'adhérer. Celui qui s'y opposerait, ou pire qui voudrait accélérer le temps, deviendrait fou de frustration. Sa mère, comme tous les obligés de Solal, jongle entre sa vie à la vitesse de la lumière et le monde ouaté de son fils. Elle laisse sur le pas de la porte une journée où les réunions s'enchaînent, les conversations se juxtaposent, les e-mails s'envoient en marchant. Alors qu'en arrivant au bureau le matin, elle tait la monstruosité de sa nuit pour revêtir un sourire de circonstance, le soir elle doit se libérer de l'agitation de la journée pour suivre les lentes et faibles oscillations de l'encéphalogramme de Solal. Elle n'en est plus à une schizophrénie près. Celle-ci est de loin la plus difficile. Son fils poursuit inlassablement son enseignement ; mais il faut reconnaître qu'elle est une très mauvaise élève. Elle n'arrive pas, comme lui, à être simplement dans le présent. Le futur est son temps d'où elle s'échappe quelquefois pour le passé. Impatience ou angoisse ? Un peu des deux sans doute, qui la font se projeter sans cesse, imaginer plusieurs scénarios possibles par situation, lister les tâches à venir.

La dégradation annoncée de Solal donne une autre valeur au temps et rend soudain absurde son rythme quotidien. Le grand écart entre la lenteur de son fils et son sprint permanent n'a plus lieu d'être. Elle ne veut plus subir le tempo impossible de Solal, ni celui d'Épilepsie, ni celui de ses équipes, collègues, chefs, clients qui décident de ses accélérations, arrêts brusques ou retours en arrière comme pour une voiture téléguidée. Elle veut faire du temps son allié, quitter les contraintes du salariat pour se le réapproprier. Elle reprend la télécommande en échange de ses armes de cadre dynamique – badge, tablette, ordinateur, smartphone – qu'elle dépose avec plaisir sur son grand bureau.

Ils sont nombreux à être venus la voir quitter les projecteurs de cette belle maison. Elle ne partira pas sans un ultime discours, sans leur dire qu'en ce dernier jour dans cette marque qui célèbre la féminité, elle ne s'est jamais sentie aussi féminine. Pas féminine au sens où les autres l'entendent, mais dans son féminin. Elle a laissé au vestiaire ses panoplies de bonne mère, de bonne épouse, de bonne collègue, de bonne copine. Elle n'a pas à les convaincre ni à les charmer, elle a juste à être elle, comme elle l'a ressenti plus tôt alors qu'elle se préparait.

En ce dernier matin de salariée, elle se regarde en face et elle se voit. Les cheveux plaqués après la douche, la peau du visage encore humide, ses yeux noirs et ses lèvres épaisses masquant à peine des dents trop grandes. Elle se voit sans jugement, sans s'arrêter aux apparences. Elle ne voit ni ses cernes, ni ses premières rides, ni son front trop haut. Elle ne pense pas à ce que les autres verront d'elle. Sans miroir, cette impression continue. Elle déroule ses pieds sur le sol comme si elle voulait laisser une empreinte, elle avance les paumes ouvertes, l'air lui paraît palpable. Elle prend conscience de son corps dans l'espace, de sa place dans le monde. Être qui elle est, là où elle est, à cet instant précis lui semble une douce certitude.

Elle part à la recherche d'un gel à cheveux qu'elle avait acheté pour Solal il y a longtemps, une « gomina » comme elle disait pour le faire rire, bien qu'elle-même préfère le terme de « brillantine ». Un peu durci par les années, il fait néanmoins l'affaire pour plaquer ses cheveux courts comme un tombeur des années trente. Elle choisit le plus rouge de ses rouges à lèvres qui s'accumulent dans le tiroir sans avoir été jamais portés, agrandit ses yeux de mascara et poudre ses pommettes pour les faire saillir. C'est fou comme elle se ressemble, elle en sourit de plaisir et pour une fois, se prendrait bien en photo pour immortaliser son vrai visage. Elle enfile une jupe en plumes de coq noires, le pull gris de son homme qu'elle ceinture, des bottines plates lacées. Comme souvent, elle finit par ses grandes boucles d'oreilles et sa pochette. Finalement, elle s'est habillée comme d'habitude et pourtant le résultat n'a rien à voir, elle a perdu l'excès de féminité qui ne la mettait pas tout fait à l'aise. Cela tient moins à ses cheveux plaqués qu'à son acceptation de ne pas être une femme conventionnelle, une princesse. Elle a fait la synthèse du roi et de la reine en elle et se tient devant eux pour cet ultime témoignage.

Investie de sa mission de libération de sa lignée, elle a voulu que sa mère et sa fille soient là. Elle veut que sa fille comprenne que son travail n'était pas une obligation qui la contraignait à passer ses journées loin de ses enfants, mais davantage un lieu où elle s'est investie, développée, passionnée. Elle veut lui montrer tout ce qu'elle laisse. Elle ne verra plus les réactions intéressées des autres quand elle parlera de son métier, les yeux gourmands devant sa carte de visite où brillent les avantages de sa position hiérarchique, l'excitation face au mystère qui entoure cette marque, dont le prestige rejaillit socialement sur chacun de ses salariés et les auréole d'une valeur indiscutable. Elle quitte des gens qu'elle aime et d'autres qui l'inspirent, un monde où les apparences ne sont que beauté et perfection. Mais elle ne sacrifie rien de tout cela, elle les abandonne volontairement pour créer de l'espace dans son temps où pourront advenir ses désirs profonds. Il y a mieux que le glamour, le statut social, le sentiment d'importance et ce mieux, c'est elle-même. Quand elle prononce les dernières phrases de son discours d'adieu, elle plonge son regard dans celui de sa fille : « … ne jamais renoncer à l'audace, à la liberté, à la singularité, pour devenir le meilleur de soi-même. » Elle n'a pas de regrets que Solal ne soit pas en état d'y assister, tout cela il le sait déjà, c'est quelque part en lui.

Sur le trottoir, devant la porte-tambour des bureaux luxueux, elle se retrouve seule, entourée des nombreuses paires de chaussures qui confinaient ses dossiers à un tout petit espace, et de ses livres sur le style sur lesquels reposent cinq énormes bouquets de fleurs qui viennent enterrer sa vie de salariée. Elle laisse derrière elle les projets des autres, les créations des autres, le temps des autres. Elle part, quitte ce métier parfait. Épilepsie lui a donné goût aux portes qu'on claque, aux non qu'on balance. Peut-être vient-elle de dire son dernier non avant les oui à ses futurs désirs ?

Son extrême lenteur ne m'a pas appris la patience, c'était au-delà de la patience, il fallait la sérénité d'un bouddha, le calme d'une momie. Adopter son rythme en quelques secondes, le temps de poser sac et manteau en arrivant, était une mission quasi impossible. Toute la journée, je pédalais comme une folle pour traverser l'univers de la mode où tout allait très vite, puis une fois à la maison tout mouvement devait cesser net tandis que les pédales continuaient à tourner dans le vide en m'explosant les chevilles. Il m'aurait fallu tous les soirs une boîte entière d'antidépresseurs pour que j'abaisse ma tension à un niveau qui m'aurait permis mooooooouuaaaaa auuuuuuuusssssssiiiiiiii deuuuuuu prennnnnnnndreuuuuuuuuu monnnnnnn temmmmmmmps. Mais je n'y arrivais pas. Cette transition de l'agitation urbaine vers le calme blanc d'une vallée plongée sous la neige était largement au-dessus de mes possibilités.

Le temps dicté par mon fils, le temps imposé par ma vie. Lequel était le temps auquel je devais me consacrer ? Cette question me revenait en boucle. Je voyais peu de monde autour de moi épanoui par le rythme intense de la vie active. Peut-être mon fils était-il dans la vérité ? Peut-être fallait-il prendre le temps de mâcher longuement pour que toutes les saveurs se révèlent, de marcher lentement pour jouir des sensations de nos pieds qui se déroulent sur le sol et portent tout notre corps vers l'avant, de s'oublier dans un bain comme une parenthèse matricielle qui convoquerait les souvenirs d'un temps où le temps n'existait pas, d'écouter ses émotions et les perceptions de son corps avant de prendre une décision, de cesser toute activité pour écouter l'autre, ce qui est dit et non dit, ce que la tête entend et ce que le cœur perçoit ? J'avais besoin de ça. Je voulais vivre pleinement, soit, je n'avais qu'à commencer par prendre pleinement conscience de la valeur du temps.

Épilepsie ne cessait de me dire qu'il ne fallait pas se lamenter sur le passé ni sur le petit garçon qu'il n'était plus. Mais je veux chérir les souvenirs, aujourd'hui comme hier, ils sont dans mon cœur des lumières qui continuent à éclairer mon chemin vers demain. Les bons me remplissent de gratitude, les mauvais me rappellent d'où je viens. Je tenais à ce que mon fils ait des souvenirs, je voulais remplir sa mémoire poreuse des images de nos visages l'aimant, des sensations de ma main sur son front, de ma bouche dans son cou, des voix de ses cousins qui l'appellent, de celles de ses grands-parents empreintes d'affection. Il fallait qu'il ait dans sa tête tous ces moments, pour qu'il puisse les convoquer quand la réalité était trop dure à supporter, qu'à l'hôpital, ils puissent lui réchauffer le cœur. Dans l'état de conscience modifié qui suivait les crises, je m'imaginais que tout cela se mélangeait en un paysage joyeux qui lui ferait oublier les douleurs de son corps.

SALIVE AMÉRICAINE
L'estomac domino mécanique des bedaines
brouillard bavarde au pas de course poussière
et subit la sécheresse du sherry en ballon.
Un radis fantastique se cabre en tesson
de bouteille auprès de la truite téléphone.
Sans un carnet de poche Zanzibar le nu vient sans
moyens de transport. Cela me rappelle les nœuds
de cravates seuls en wagon.
L'escalier tousse avec le bec de gaz mes frères !

Francis Picabia, revue *Dada*
du 3 décembre 1918

Elle s'offre son fils, elle s'offre un rythme où elle ne subit plus Épilepsie mais l'accueille, elle est désormais calée sur le méridien de Solal. Elle le trouve de plus en plus souriant, peut-être a-t-elle simplement recommencé à vraiment lui sourire ? Le temps retrouvé lui fait poser un nouveau regard sur son enfant. Des paillettes dans les yeux, elle le suit dans son pays des merveilles où la tortue a pris la place du lapin qui dit l'heure et où se parle une langue inédite. Au manque de mots et à l'absence totale de parole des premières années de la maladie succède un nouveau langage fait de signes et de syllabes insensées. Ainsi, « pose » ne désigne pas seulement la poubelle, mais aussi le fait qu'il va jeter tout seul quelque chose à la poubelle, c'est à la fois l'objet et l'action. Solal impose de se libérer des habitudes linguistiques : « On va tac tac » exprime son envie de jouer au tennis, là où « balle » signifie mettre ses chaussures. À dada sur son vocabulaire, Solal teste en permanence la maîtrise linguistique de sa mère. À la première mauvaise interprétation, la porte se referme : Solal annule toute communication ou enrage de frustration. Elle développe des compétences improbables d'interprète, elle traduit pour les autres et surtout, au prix d'une concentration trop exigeante, reformule dans le langage de tout le monde. Souvent sa fatigue la transforme en automate et elle répète sans même s'en rendre compte : « On enfile les balles pour aller faire tac tac parce qu'il mouille pas encore. »

Solal fait ce qu'il veut de sa mère ; intérieurement, il y a une partie de lui qui doit bien rire.

À moins que ce ne soit Épilepsie qui se marre le plus ?

Les mots de Solal donnent à voir une autre dimension de la réalité. « Non, tu m'as fait mal », dit Solal quand il ne veut pas.

Lui qui est si peu dans l'efficacité parvient en peu de mots à communiquer à la fois son refus et ses émotions. Mieux, il suggère la violence d'une situation qui le prive de son besoin d'être sujet de sa vie, la souffrance d'être à nouveau traité comme un objet. Son langage, aussi limité qu'il soit, le rend sacré. Elle le chérit et le félicite de chacune de ses phrases ; peu importe les moqueries des autres, pourvu qu'il parle. Il faut voir la tête des gens quand Solal dit : « Je fais amour, je fais amour. » Elle adore leur réaction et se prive bien d'expliciter l'envie de son fils d'avoir une amoureuse comme il avait chaque année à l'école, avant qu'Épilepsie ne devienne sa maîtresse. Au contraire, elle savoure le doute dans leur regard : « Oui Chéri, on va rentrer à la maison », répond-elle le plus sérieusement possible, jubilant intérieurement. Il y a peu, elle dépendait du regard des autres, en cherchait l'approbation ; là elle joue avec et ça l'amuse follement.

Quand il veut se baigner, son index décrit une grande hyperbole dans l'air avant de finir en piqué sur la paume de son autre main. Dans sa demande, il y a la joie de plonger, la vision des éclaboussures, la sensation subite de l'eau froide. Il y a le choc de la surface, l'immense bruit puis le silence, il y a la légèreté du corps. Voilà sa gratitude, il pare de sensations et d'émotions ce qui pourrait être une demande insignifiante. Les bons jours, certains mots le font éclater de rire ; kaput, linguini, nanny ont, pour lui exclusivement, une sonorité cocasse dont il ne se lasse pas. À force de les répéter pour le faire rire, la famille prend goût à ces syllabes qui deviennent en bouche des bonbons ; le plaisir vient en parlant. Son rire, entier et communicatif, donne à ces rares bons jours une extraordinaire légèreté.

« Et Haddock, Haddock ? » demande-t-il, esquissant un sourire qui anticipe la réponse.

« Il boit le whisky », lui répond sa sœur, heureuse de provoquer et de se joindre au fou rire irrésistible de Solal. Et c'est l'ivresse de joie qui envahit toute la famille. Whisky, whisky, whisky, sa mère n'avait jamais réalisé qu'il pouvait être si amusant de faire claquer ce mot dans la bouche.

Solal revisite tous les aspects de la vie quotidienne, rien n'échappe à sa différence. Un soir d'été, un éclair d'énergie lui donne l'envie de mettre la table. Elle lui prépare la pile d'assiettes et les couverts en vrac. Une, deux, trois assiettes côte à côte, à la quatrième qui va poursuivre la ligne, elle s'apprête à intervenir pour les remettre de part et d'autre de la table, mais n'en fait rien. Elle le regarde, incroyablement autonome, concentré, absorbé dans l'alignement des assiettes comme si chacune était destinée à une personne de grande importance. Il installe les assiettes côte à côte sur la longue table. Tels les derniers invités à un banquet de fous, ils dînent tous les cinq face à la prairie. Solal a définitivement invité la fantaisie à partager la vie de la famille.

Épilepsie a obtenu pour Solal une dérogation à la norme, il n'a pas à suivre le chemin balisé des autres garçons de son âge. Parce que Solal subit la différence qu'Épilepsie lui impose, il est désigné comme un enfant anormal. Anormal, comme un accroc qui gêne sur la surface lisse d'une photo de famille, anormal comme le regard des autres qui veulent se distinguer de lui. Quand il ne dit jamais « bonjour », mais souvent « je t'aime », il est anormal, ou singulier ? Quand il mâche les yeux fermés pour pleinement profiter des saveurs à l'intérieur de sa bouche, il est anormal, ou singulier ? Quand il s'essuie la bouche avec le pull de la première personne qui se penche devant lui, il est anormal, ou singulier ? Là, d'accord, il abuse. Son absence de filtre ne rend que plus visibles les figures imposées qui régulent la vie de la famille. Il semble jouir d'une liberté infinie malgré l'enfermement de son corps et de son mental dans la maladie. Solal est un affranchi de la vie moderne, il n'aura ni à travailler ni à gagner de l'argent. Son cerveau est anarchique, son attitude doucement irrévérente.

Sa désinvolture explose à la gueule des autres et provoque le désir de faire sauter les entraves d'une vie trop cadrée. C'est vrai que sa famille étouffe entre la maladie et le regard des autres. Vite, un peu de sauvagerie et beaucoup de spontanéité. Son anormalité devient la référence d'un comportement sans filtre social, sans figure imposée. La norme est figée, statique ; l'anormalité vient s'y cogner et crée une dynamique, un mouvement inhérent à l'existence. Solal est en dehors de la norme, en dehors de la réalité des autres. Mais il est au cœur de la vie, au cœur de sa vie. Il incite sa mère à s'interroger sur la sienne. Il la renvoie à la quête d'identité qu'elle avait mise entre parenthèses depuis qu'Épilepsie tenait les rênes de leur quotidien.

« Je me fiche de ce que les autres pensent de moi, et toi ? » semble lui demander Solal à chaque instant. Cette question est une chance.

Peu importe qu'il ne proclame pas son originalité, ni qu'il ne la mette en scène comme tant d'autres, il fait mieux. Solal invite à la singularité, il a valeur d'exemple et lui tend le miroir.

Le miroir déformant lui attribue les rondeurs exacerbées de la Vénus paléolithique, les immenses jambes d'un guerrier Massaï, mille bras capables de créer, une tête hypertrophiée. Elle projette une ombre gigantesque. Elle est le totem, le féminin singulier renfermant les infinies possibilités de création de son corps et de son esprit. Elle en est désormais convaincue : la féminité n'existe pas. C'est un concept creux dans lequel stagnent les attributs traditionnels du *sexe faible* auxquels on essaie de superposer des qualités complémentaires. La seule chose qui existe ce sont les femmes, chacune dans leur diversité, rendant toute généralité impossible.

Son totem du féminin célèbre le pouvoir créatif de son corps et de tout son être, elle peut se passer de l'expérience de la grossesse pour se rassurer sur sa capacité à créer. Elle doit s'en passer. Bien qu'elle ne puisse s'empêcher de sourire en lisant le résultat positif du test de grossesse dont la date de conception improbable la ferait presque croire à une intervention divine, elle va s'en passer. La frontière est fine entre l'instinct de reproduction de l'espèce, qui lui dicte de le garder, et son intuition qui la pousse à avorter. Alors qu'elle commence tout juste à s'approprier son existence, elle se sent trahie par son corps qui tricote derrière son dos ce début de vie. Mais dès les prémices de la grossesse, son corps ne suit pas, il la rend malade, malade à se vider toute la journée, comme s'il l'avertissait de ce qu'elle sait déjà : elle est incapable de porter et nourrir un enfant pendant neuf mois. Ses analyses médicales en dessous des minima sur la majorité des critères ne font que confirmer son épuisement et la nécessité de se reconstruire physiquement. Rien que d'imaginer se précipiter au milieu de la nuit pour gérer les crises de son adolescent de fils avec un gros ventre et un fœtus branché sur mille volts de stress lui paraît absurde, absurde et dangereux. Il est hors de question qu'elle prenne le risque d'avoir un autre enfant malade, elle ne pourra pas y faire face.

« Chaque existence est sacrée », répond-elle quand on lui demande pourquoi elle est végétarienne. Le parallèle entre un bifteck et un embryon est curieux et pourtant il explique sa difficulté à refuser d'accueillir cette vie. Mais ce n'est pas un acte d'amour que d'accepter cette grossesse ; y mettre fin est, au contraire, un acte de clairvoyance, de discernement. Alors elle dit non à cette maternité qui a voulu s'imposer, qui menace de prendre toute la place. Elle prend le parti de son individualité et s'oppose à prêter son corps. Elle se choisit ainsi que ses deux enfants et son homme et refuse de les sacrifier au nom de la toute-puissante maternité.

Le seul culte auquel elle se voue désormais est celui qui consacre la puissance de son féminin. Son fils lui a appris à l'accueillir en abandonnant son besoin de contrôle, en acceptant sa propre vulnérabilité et ses émotions, en chérissant la fantaisie. Grâce à cela, elle n'a plus besoin de contre-balancer l'omniprésence de son masculin, nourri et même gavé par une société qui prône la performance, la détermination et la force, par une apparence ultra féminine. Elle laisse enfin de la place à l'écoute, à la compassion, à la force intérieure. Elle découvre, dans sa relation aux autres, un terrain neutre où la séduction ne dicte pas tout, où elle n'a pas besoin de « faire sa fille » pour obtenir un service, où son attitude ne devient plus un sujet et peut laisser toute l'attention à l'autre. Elle est enfin devenue la femme qu'elle voulait être, elle est enfin devenue l'homme qu'elle voulait être. Elle assume de rouler les manches de ses t-shirt jusqu'aux épaules, de dire des obscénités, de savoir retrouver son chemin mieux que son homme, de boire de la vodka pure, de porter ses sacs toute seule. Elle ressent la puissance de se sentir masculine et féminine en même temps ; sa singularité est faite de cette alliance de ces deux pôles, équilibre unique à chaque être humain. On ne devient pas femme, on devient soi en essayant de négocier avec les injonctions que le genre impose, un mélange d'acceptation et de rébellion.

Femme libre, toujours tu chériras ton corps. À trente-huit ans, elle s'inscrit à l'école de danse classique de sa fille. Ce premier cours l'intimide, l'ambiance des vestiaires où toutes les femmes se connaissent, la sophistication de leurs tenues dont les justaucorps, guêtres et collants fins composent une silhouette idéale tandis qu'elle est en t-shirt large et caleçon long. Il lui faut ensuite apprendre la précision des pas, les positions des bras, l'angle des mains, le maintien de la tête, sur le rythme contenu et maîtrisé du piano. On lui dit de dégager la nuque, de sortir la poitrine, de détendre la mâchoire, mais malgré tout elle sent l'oppression de sa cage thoracique et la crispation de son visage. Le cours se termine enfin et elle rejoint le vestiaire en regardant ses chaussettes de tennis, faute de jolis chaussons rose pâle. « Tiens, c'est drôle de se retrouver ici, je ne savais pas que tu faisais de la danse classique. » Elle non plus ne savait pas, se dit-elle en regardant son interlocutrice qu'elle ne connaît pas. Elle pense qu'on l'a encore confondue avec quelqu'un d'autre. Depuis toujours, on lui trouve des ressemblances avec n'importe qui et chaque rencontre provoque des exclamations sur sa ressemblance avec, au choix, l'ex petite-amie israélienne, la cousine du mari, la sœur du collègue, la meilleure amie argentine, la maîtresse de CE2... Elle a toujours imaginé que le lisse de sa vie engendrait un visage où toutes les possibilités se reflétaient. L'apothéose de sa carrière de sosie avait été la ressemblance avec Whitney Houston, belle performance pour quelqu'un qui ne se connaît aucun ancêtre d'Afrique.

Mais son interlocutrice ne l'a confondue avec personne, elles ont partagé quelques semaines le même employeur et elle a même assisté au cocktail organisé pour son départ. Et son ex-collègue de lui citer mot pour mot la dernière phrase de son discours. Et elle de décider d'abandonner déjà la danse classique au profit d'une danse qui lui donnera un accès plus immédiat à l'audace et à la liberté qu'elle a proclamées. Avec la danse contemporaine, elle doit se forcer à ne pas fermer les yeux tant le plaisir de suivre les rythmes, de se connecter à quelque chose qui la dépasse, la bouleverse. Elle voit le souffle devenir maître de son corps, la respiration qui stimule et apaise en même temps. Les parties de son corps dont elle n'a aucune sensation si elle ne les touche pas sont étonnamment nombreuses. Elle apprend à en prendre conscience, le milieu de son dos, l'intérieur des bras, l'arrière des cuisses… Elle se compose un corps sensible, subtil, qui, petit à petit, forme un tout. À force de travail, il s'assouplit, se muscle, suit les intentions de l'esprit. À l'image de son chemin intérieur, son corps change, évolue, contribue à lui donner cette sensation de cohérence, de plein. Elle réalise qu'il n'y a pas de déterminisme, ni physique ni mental, et cela la remplit de confiance. Alors elle danse, elle conquiert la liberté de se mouvoir, d'inventer le mouvement d'après, de suivre le rythme ou de le casser. Elle emmène son homme à des cours de lindy hop sur de l'électro swing, où ils s'agitent l'un en face de l'autre sur des tempos ultra rapides. Elle le laisse la faire tourner, l'envoyer en l'air, la rattraper et la soutenir avant qu'elle ne s'écroule sur le parquet glissant. Par moment elle guide ses pas, puis côte à côte ils se déhanchent sur des mouvements symétriques en regardant dans la même direction.

« Formidable », son père et moi utilisions beaucoup ce mot en nous adressant à notre fils, avant et pendant sa maladie. Formidable, il était un garçon formidable, nous le répétions. « Bonne nuit, mon garçon formidable. » « Je suis fière de toi, mon garçon formidable. » Pourquoi formidable plutôt que merveilleux ou génial ? Je n'en ai aucune idée, formidable était venu naturellement. En cherchant, je découvre son étymologie et son sens premier : dérivé du mot latin *formido* – peur, terreur, effroi – utilisé initialement dans le sens de ce qui est à craindre ou inspire une grande crainte. Choc. Est-ce qu'il faut voir dans notre usage régulier de ce mot une manifestation inconsciente de la peur que la vie de notre enfant nous inspirait ? Peut-être. J'adorais dire ce mot, insister sur le *da*, faire vibrer les lèvres sur le *ble*. J'y mettais tout mon amour pour mon fils, toute ma fierté. Il était ma terreur nocturne et mon soleil.

J'aimais son langage, j'aimais avoir le privilège de faire partie des initiés qui le comprenaient instantanément. Je m'amusais de ce que les gens pouvaient penser, de la façon dont on les tenait à l'extérieur de nos vies par ce langage qui leur était étranger. Sa différence était un exil, sa légèreté un bien précieux, fragile, devant lequel il fallait retenir son souffle comme devant le dernier pétale d'une rose. Il nous l'offrait, il fallait juste se laisser traverser par cet état de grâce. Il était à la fois gravité extrême et légèreté absolue.

Ex-fan de conformisme, je chérissais sa fantaisie, fascinée que ce soit mon fils qui me l'enseigne. J'avais eu tort, c'était lui qui avait le plus d'humour finalement. Je n'avais que l'ironie et le cynisme, lui se jouait des codes. Je ferme les yeux et je le vois à nouveau devant la grande table en bois grisée par une vie dehors. Je ressens la douceur de l'air de cette soirée d'été, la lumière chaude qui traverse les herbes dorées et pas encore fauchées, hautes jusqu'au garrot des chevaux éparpillés dans la prairie. C'est l'heure où les hirondelles profitent du calme retrouvé de la piscine, désertée par les enfants, pour venir boire, ballet incessant au-dessus de la tête de mon fils avant qu'elles ne frôlent la surface de l'eau pour y attraper quelques gouttes. Il ne les voit pas, attentif uniquement aux assiettes qu'il aligne côte à côte. La scène est magnifique, l'harmonie absolue, aujourd'hui, sans doute davantage que sur le moment, elle me donne l'impression d'une grande vérité. Tout était là, sa liberté, mon plaisir, notre douceur.

L'institut pour enfants handicapés et la nouvelle psychologue me montraient la voie pour faire de la différence un apprentissage clé et évoluer avec le cœur ouvert et les yeux brillants. Je glissais naturellement vers les valeurs du féminin telles que la bienveillance et la solidarité. La suradaptation aux codes masculins du monde du travail, qui m'avait interdit pendant un temps d'accepter ma vulnérabilité, m'avait amenée à négliger une partie de moi-même. La vie me l'avait ramenée, non pas sur un plateau, mais cachée au milieu d'une bombe. Mon fils m'avait poussée dans les extrêmes, forcée à explorer les polarités – l'apathie et la violence, la dépendance extrême et les pulsions de libération, la puissance et la honte, l'amour et le rejet. Comme un véritable *guru*, il m'avait obligée à prendre conscience de mes fragilités, de mes parts d'ombre puis de mes ressources pour finir par me sentir une et entière.

À la rencontre de moi-même, je rencontrai mon homme et n'en avais jamais été aussi amoureuse. Alors que j'avais tant cherché sa virilité, sa force et sa volonté pour faire résonner ma féminité balbutiante, je pouvais enfin accueillir sa vulnérabilité et sa sensibilité. Il eut cette larme solitaire, venue de loin, magnifique, qu'il m'offrit et que j'aspirai alors qu'elle s'échouait sur sa pommette anguleuse. J'aimais en pleine conscience sa singularité, ce mélange d'intelligence, de douceur et de virilité. Je le laissais m'aider sans avoir l'impression de sacrifier mon indépendance. Puisque j'étais entière, je pouvais tout lui donner sans me perdre, tout recevoir sans me diluer.

Et au-delà des archétypes classés dans le yin ou le yang, il y avait le courage et la liberté de mon fils, de ma fille, de mon homme, courage et liberté que j'aimais plus que tout.

Maintenant qu'elle était une folle parmi les folles,
elle paraissait enfin normale.
Victoria Mas, *Le Bal des folles*

Devant leur foyer, Épilepsie a fait un joli tas des cases dans lesquelles ils vivaient, on dirait le *game over* d'une partie de Tetris. Solal n'est pas resté très longtemps dans sa case de gentil garçon brillant, sa mère s'est extirpée de son cageot de femme moderne, et même Épilepsie ne rentre dans aucune des cases que les médecins connaissent. Ses enfants, son homme et même son entourage se réjouissent qu'elle soit à la maison et adopte enfin un rythme « raisonnable » comme ils disent. Surtout ceux qui lui agitaient sous les yeux les modèles de ces mères qui avaient arrêté de travailler pour s'occuper de leur enfant malade. Mais elle détrompe vite son petit monde et s'attelle à la construction de la nouvelle architecture de sa vie. Elle extrait Solal du centre et interrompt son permanent mouvement centripète qui avalait toute l'énergie autour de lui. Elle le place en périphérie, puisque cela fait longtemps qu'il a pris ses cliques et ses claques pour que sa mère ne se réalise plus sur son dos. Son homme et sa fille se positionnent également à la périphérie en contrepoids de Solal, il faut au moins cela. Elle prend sa place au centre, grande sphère lumineuse, cœur de ses désirs profonds, qui équilibre le mobile de sa vie et éclaire tout son écosystème. Les poids ne sont pas moins lourds, elle ne veut en rien se désinvestir de ses enfants ni de son homme, pourtant ils s'annulent, maintenant que les charges sont bien réparties. Elle voit soudain ses enfants comme des êtres indépendants qu'elle a envie de regarder grandir plutôt que de faire grandir, et avant tout, elle ne les voit plus comme ses faire-valoir. Elle ne se sent plus jugée à la propreté de leurs cheveux, ni à leurs activités extrascolaires, ni à leur look. Elle leur sourit niaisement en se disant qu'elle a de la chance de vivre au côté de ces êtres. Les enfants se débrouillent très bien tout seuls, ils sont curieux et ouverts par nature. Elle veut juste leur offrir le cadre sécurisant nécessaire à leur indépendance : croire en eux de manière infaillible. Elle veut être tout aussi présente, mais d'une présence qui est juste là pour rassurer, pour donner confiance, être celle qui acquiesce d'un hochement de tête et d'un sourire face au doute de son enfant. Sa réalisation personnelle se déplace de ses enfants à elle-même et laisse, tout à coup, un grand espace pour un amour sans ambition, un amour gratuit.

Finalement, le plus épuisant était de leur faire faire, d'être moteur plutôt que rail. Elle comprend enfin le père de ses enfants lui expliquant à quel point il est moins fatiguant de dire oui que de dire non, un brin dans la provocation et sans prendre la peine de la rassurer sur les limites fondamentales qu'il leur impose malgré tout. Elle laisse sa fille s'ennuyer dans sa chambre sans lui demander de s'occuper, ni de lire, jouer ou faire ses devoirs. Après deux heures de « maman, je m'ennuie » auxquelles le vide répond, elle retrouve sa fille devant la machine à coudre, s'essayant à sa première jupe et même pas pour poupée. La jupe crée des difformités sur le corps de sa fille qui semble tout droit sortie de la cour des Miracles où son frère est régulièrement hospitalisé. Mais elle est belle comme l'indépendance, sa fille, et la jupe aussi d'ailleurs. Elle est fière d'elle, elle en est d'autant plus fière que tout le mérite revient à sa fille : l'initiative, la réalisation, le plaisir.

Aujourd'hui elle fait comme le père de ses enfants, elle dit oui à tout ou presque. Solal n'est pas un champion de l'autonomie, mais il a des envies qui deviennent vite des ordres ; sa mère n'a pas trop le choix que de le laisser vivre sa vie et tant pis s'il charge son sac à dos de six litres de soda ou s'il macère trop longtemps dans son bain. Elle dit oui à toutes les envies de sa fille qu'elle peut réaliser seule. Elle la laisse faire le gâteau qu'elle veut, tandis qu'elle attrape une des trois biographies d'artistes qu'elle a achetées alors qu'elle tournait le dos aux manuels des mauvaises mères. Dora Maar, Gabriële Picabia, Giacometti, elle se passionne pour les vies d'artistes, tentant de comprendre comment ils se sont construits, de quoi sont faits leurs processus de création, leurs compromis et leurs exigences. Leur vision du monde la nourrit profondément et lui offre des vies sans ligne droite, hors norme. Elle y voit la singularité absolue, manifestée dans tous les aspects de leurs existences, de l'intime au public. Elle se remplit de leur liberté, affranchie du jugement des autres. Sa fille s'amuse de ses expériences culinaires et elle ne rechigne plus à essuyer les kilos de farine qui se transforment en pâte gluante sous l'éponge, puisqu'elle ne s'est pas obstinée à vouloir guider sa fille tout au long de la recette. Maintenant qu'elle ne met plus son énergie créatrice au service de l'éducation de ses enfants, elle va pouvoir la consacrer à elle-même.

Elle sort avec fierté sa carte étudiante à l'entrée des cours d'histoire de l'art. Tout recommence. Elle entre avec émotion dans le grand amphithéâtre, repère dans les rangs les plus hauts une place à côté de trois jeunes filles qui regardent avec assurance le spectacle des étudiants se glissant entre les chaises, enjambant les tables jusqu'à rejoindre ceux qui leur font signe. Elle a tout le loisir de les observer en remontant les rangs jusqu'au leur, surtout la brune aux longs cheveux frisés ; ses yeux en amande à la paupière un peu lourde et les commissures tombantes de ses lèvres lui donnent l'air d'être plongée dans une profonde réflexion intérieure. Elle se faufile jusqu'à elles, l'étudiante ramène ses affaires près d'elle tout en affichant un sourire qui chasse soudain toute gravité de son visage pour y laisser apparaître la spontanéité de son âge. Elle s'assied à côté d'elle et surprend son regard d'intérêt vers ses chaussures et son sac de marque tandis qu'elle-même admire chez la jeune fille la volonté précoce d'écouter ses envies à travers ce choix d'études artistiques. Puis un regard balayant l'amphithéâtre la réjouit soudain de ne pas avoir attendu la retraite pour s'y inscrire, comme visiblement beaucoup de ses nouveaux camarades.

Pendant deux heures, elle boit les paroles de la conférencière, se gorge de la joie d'apprendre qui vient remplir le creux foré par des années à donner. Elle note aussi vite qu'elle peut dans un joli cahier aux pages épaisses et sans lignes, acheté pour l'occasion, tandis que ses voisines pianotent avec légèreté sur leurs ordinateurs. En haut des marches de l'université, elle lance un dernier sourire à la silhouette menue de la jeune fille, à l'aise parmi les étudiants plus âgés avec qui elle fume, et décide de rentrer à pied pour s'imprégner encore des images et des mots qui continuent à résonner dans son cœur.

Elle observe le monde autour d'elle, il a changé, les autres ont changé, même ceux qu'elle ne connaît pas, surtout ceux-là. En premier lieu, ils ont cessé de la regarder, à moins que ce ne soit elle qui y prête moins d'attention, qui s'est affranchie de leur regard. Non, affranchir c'est trop fort, peut-on vraiment s'affranchir du regard des autres ? Elle s'en est émancipée, défaite, dégagée. Basta cette sensation d'être jugée en permanence sur ses performances dans tous les domaines. D'autant que les autres, ceux qui jugent, contrôlent et évaluent, n'existent pas. Il n'y a personne qui juge, c'est le vague fonctionnement désincarné de la société, nourri par les projections et peurs de chacun. Dans son quotidien, cela ne semble rien changer, cela fait longtemps qu'elle ne voit plus les passants détailler son fils. Extérieurement cette émancipation sociale paraît très subtile, mais intérieurement c'est énorme. Elle n'a plus besoin de tenir les autres à distance, elle ne s'en protège plus. Au contraire, avoir défini les contours de son identité a créé de l'espace pour aller à la rencontre des autres, elle n'est plus perméable alors elle peut s'en approcher.

Elle ne marche plus dans l'ombre des juges, leurs silhouettes se sont évaporées pour dévoiler ceux qui étaient, auparavant, les invisibles de son petit monde confortable : les plus faibles. Ce sont eux qui ont le plus changé, les sans-abris, les handicapés, les enfants malades, les vieilles personnes et tous ceux que la vie a rendus vulnérables. Solal les a réunis dans le club de l'empathie. Aux yeux de sa mère, ils ont tous acquis une valeur particulière puisque chaque être faible peut être Solal. Comment ne pas voir dans le petit Gollum de l'hôpital la même invitation à la compassion et à la célébration de la différence ?

La révolution des autres est en marche, ils se dressent devant elle qui a levé son regard depuis son nombril jusqu'à l'horizontale. Il y a cette vieille femme dans le bus, pas la mignonne petite mamie qui sent la violette dont elle colore ses cheveux, non, une vieille femme renfrognée et négligée. Pour elle, sortir du bus bien rempli est une épreuve ; si elle se lève trop tard, elle n'aura pas le temps d'aller jusqu'aux portes ; si elle se lève alors que le bus roule, elle risque la chute. Elle lui tend la main, pas une petite main timide comme tous ces gestes automatiques de civisme que son éducation lui a appris et qu'elle fait sans rien donner d'elle-même. Là, il se passe autre chose, la vieille femme s'empare de son bras et s'y accroche comme si sa vie en dépendait, elle s'abandonne à elle qui a l'impression de la recueillir pendant les quelques instants que dure l'accompagnement jusqu'aux portes du bus. Elle en a les larmes aux yeux, elle sent comme une boule de lumière qui explose au milieu de sa poitrine et une gratitude infinie envers la vieille femme de lui avoir offert cette éclosion. Il y a une forme d'amour qui englobe tout.

Je mémorise la sensation : la sphère lumineuse au centre de mon corps est libérée de toutes les facettes de celle que j'étais, à la fois pulvérisées et réconciliées par cette implosion d'amour. Je veux pouvoir revenir à chaque instant à cette façon de vivre selon le cœur, là où résident les désirs profonds. Dans cette expérience est ma vérité. En rangeant mon cahier de cours dans le bureau installé au milieu du salon, je tombe sur mon carnet à la couverture vert amande et doré, enterré par les années épileptiques. J'y retrouve, intacte, la *wishlist* inaugurant ma vie d'adulte et l'arrache avec un plaisir féroce. Je la déchire en confettis qui, comme le dessin malin du médecin de l'hôpital, seront recyclés en combustible de mon feu intérieur. Le carnet est vierge, alors je me mets à écrire tout ce que je sais de mon fils, je consigne son langage, ses gestes, ses plaisirs, sa façon de manger, d'aimer, de rire et de faire rire. J'écris l'histoire d'un enfant qui se sacrifie pour sauver sa mère.

Plus jeune, je m'étais imaginé une vie hors norme, un peu comme une adolescente de film de science-fiction qui se révélerait être l'élue. Sauf que je n'avais pas été choisie pour sauver le monde, je pouvais oublier la cape de *Superwoman* et brandir ma carte Vitale gold. Mais j'étais la mère du super héros le plus exigeant, j'étais capable de faire face à tout, d'aller me promener tranquillement dans les bois sans avoir peur de rencontrer une sorcière ou de me faire manger par l'ogre. J'avais suffisamment pratiqué Épilepsie pour que les autres méchants qui m'attendaient peut-être quelque part ne m'impressionnent plus. Je comprenais enfin, j'étais l'héroïne de ma vie, une héroïne sur qui je portais un regard dénué de jugement et de comparaison. Je connaissais désormais ma force, elle ouvrait la porte vers un engagement plus large, au-delà de la sphère intime. À quoi sert la force sinon à aider les autres ?

« Toi, tu as de la chance, tu as Solal… », la femme qui me dit un jour cette phrase me toucha profondément par sa compréhension de l'épreuve libératrice que mon fils m'avait imposée. Je sus alors que j'avais dépassé cette épreuve. À ton tour, mon fils. Ton sacrifice n'a plus de sens, tu peux renvoyer Épilepsie dans les cordes, qu'on l'éjecte enfin du ring de ta vie.

Épilogue

Mais ce n'est pas Épilepsie qui est éjectée du ring. Las du combat, Solal jette l'éponge. À quatorze ans, il est trop grand pour ce petit espace fermé dans lequel il ne cesse de se heurter à son adversaire, qui le renvoie systématiquement dans des cordes enroulées de barbelés. Il est trop écorché, Solal, il faut que le combat cesse. Bien qu'il quitte le ring les deux pieds devant, Solal a gagné. Solal a emmené la foule de spectateurs vers des sommets d'amour et de courage. De mémoire d'homme, aucun de ceux qui ont assisté au combat n'avait vu cela avant. Alors les chœurs retentissent et tous le portent, le soutiennent, l'emmènent vers la lumière qui l'attend.

Une ultime fois, Solal m'imposait de réinventer une image de la maternité : la mère qui a perdu son enfant. Il y a une certaine simplicité dans la Pietà : l'évidente et abyssale souffrance.

Il y a ce gouffre qui s'est ouvert, comme en toutes les mères dans la même épreuve, et qui m'aspire de l'intérieur. Me revient en mémoire le tableau d'Edvard Munch, *Le Cri*. La première fois que je fis face à la toile, je venais de vivre ma première perte d'un être cher. Ce tableau avait alors profondément résonné en moi, ce cri puissant, mais presque anecdotique, comparé au mouvement de la peinture qui aspire vers le bas le paysage et le personnage, comme si une force faisait fuir la vie du tableau. J'ai ce cri quand je vois le corps sans vie de Solal, puis ce cri devient silence à l'intérieur de moi.

Ma souffrance est à la hauteur de mon amour. Ou plutôt, mon amour est à la hauteur de ma souffrance. Il est ma force. Solal m'a fait ce cadeau. Durant toutes ces années, il m'a obligée à puiser encore et encore dans cet amour sans fond. Puisque rien ne pouvait empêcher les crises, puisque plus rien ne comptait, il n'y avait qu'à aimer Solal, à l'aimer le plus possible. J'ai bien dû prendre conscience de l'immensité de l'amour.

À quelques mois de mes quarante ans, j'en suis là. À la lisière de la vie. Privée de mon fils, mais armée. Avec un art de la maïeutique hautement maîtrisé, Solal, secondé de sa fidèle Épilepsie, dotée elle de forceps très acérés, m'a rendue à moi-même, m'a dégagée de son cocon solidement tissé de tous les rôles que la société attendait de moi. Je ne suis pas nue à la sortie des limbes. Solal m'a équipée en courage, en foi en moi, en la vie, en l'amour. Il m'a vêtue de l'essentiel pour faire face au monde et au reste de ma vie. Alors que je l'ai juste aimé, je me demande qui a été le parent de l'autre.

Telle une enfant qui aurait recueilli le dernier souhait de son père et guide, j'ai juré fidélité à l'œuvre de Solal. Je crée l'occasion pour le premier anniversaire de sa mort, alors qu'il aurait juste fêté ses quinze ans, âge de nombreux rites initiatiques où les adolescents sont officiellement présentés au monde. À travers une exposition hommage, je mets en scène la singularité de sa vie.

Dans la première pièce est accrochée une série de dix photographies représentant une réalité déformée. Trois têtes aux visages flous semblent se fondre l'une dans l'autre. Puis, l'espace distordu d'une chambre offre une perspective où la porte, vue du lit, apparaît minuscule et presque avalée par les murs immenses. Ensuite, un croisement artificiel de trois rues présente la même façade d'immeuble qui s'étire dans les trois directions, la même voiture garée à l'infini devant ces immeubles identiques. Des bruits étouffés de conversation sont enregistrés, auxquels succèdent des phrases intelligibles, mais coupées en leur milieu, les mêmes phrases qui se répètent et qui sont systématiquement interrompues. L'ensemble des images associé aux sons crée une impression de malaise, une perte de repère physique et cognitive qui donne le vertige et l'envie de s'échapper de cette pièce.

Il faut ensuite traverser un long couloir où pend une immense tapisserie. Une ligne verte est brodée sur un velours noir. Elle figure un horizon de pics montagneux, quelques creux qui remontent ensuite vers les sommets les plus hauts. À chaque sommet est brodé un nombre ou un mot : 12 ; terreur ; oreiller ; 23 ; inenlaçable ; 38 ; rouge ; silence ; 35 ; deuil ; 6 ; plonger ; sourire. Tradition ancestrale, le métier à tisser entremêle les fils des histoires, des émotions, des vœux secrets déposés par des générations de femmes, de mères. Mais je n'ai pas brodé de quoi joliment décorer ses enfants ou son intérieur. J'ai brodé six années de la vie de Solal, six années de pentes vertigineuses et de sommets écœurants, six années de crises.

À l'issue de ce couloir, est projetée une vidéo de deux yeux dorés qui regardent l'objectif ; concentré et attentif, le regard fixe la caméra, il fixe encore, puis tout à coup s'absente. La vidéo montre les mêmes yeux, mais le regard est absent, vide. À droite de cette vidéo, quarante-huit portraits identiques en noir et blanc de Solal sont alignés sur six colonnes et huit rangées. Les quarante-huit photos d'identité deviennent de plus en plus floues selon une progression en escargot vers le centre ; le changement est à peine perceptible d'un portrait à l'autre, mais la vision d'ensemble crée un mouvement vers l'intérieur, une aspiration centripète où le visage s'éloigne, où l'identité se dissout au-dedans de l'image.

Plusieurs photographies en couleur de cinquante sur soixante centimètres montrent des groupes de personnes : scènes de rue ou de vie de famille, elles sont prises sur le vif, chaque personnage est saisi dans un mouvement, une parole. Au sein de chaque groupe, un enfant statique est éclairé différemment, une lumière blanche fait jaillir sa placidité de la photo. Cet enfant est Solal, Solal et sa lumineuse singularité. Dans la dernière pièce, les photographies font presque tout le mur ; la première, très blanche, représente une courbe laiteuse qui pourrait être une piste de skateboard. À côté, des points noirs un peu brouillés flottent à la surface d'une photographie comme de lointaines silhouettes hivernales sur une plage à la lumière tombante. Sur une autre photographie encore, des ombres viennent creuser ce qui semble être les parois lisses et abruptes d'une falaise de roches grèges. La légende, comme toutes les légendes de cette série, inscrit « Solal » et une année. Les photographies de son cou, de ses taches de rousseur, de ses chevilles ne laissent en rien deviner Solal, mais donnent à voir une autre réalité, imposent un regard nouveau et différent.

« Voilà, Solal, c'est ton exposition, c'est tout ce que tu as créé », dis-je dans ma tête. Je m'inclus dans le « tout ce que tu as créé » ; la création de soi, la création.

Remerciements

Les heures solitaires d'écriture n'auraient eu aucun sens s'il n'y avait pas eu :

– La première lecture de Danielle Moreau-Bonnetain

– L'affection de mes proches – Catherine, Jean-Pierre, Lado, Régine, Celine, Thomas, Charlotte, Mathieu, Lucille, Adel, Aurore, Sophie, Olivia – et leur lecture follement enthousiaste et subjective de la première version

– Le soutien du père de mes enfants d'avoir accepté ce jeu entre réalité et fiction

– L'engagement, le professionnalisme et la bienveillance de mes agents : Kinga Wyrzykowska, Camille Paulian, Violaine Faucon et Sylvie Pereira qui forment l'équipe de Trames

– L'accompagnement stimulant et inspirant de mes éditrices : Caroline Laurent et Paloma Grossi

– L'énergie de toute l'équipe des Éditions Stock

Grâce à vous, les épreuves se sont transformées en joie collective. Merci.

Merci aux lecteurs.rices d'avoir plongé dans cette histoire et fait vibrer la vie de Solal un peu plus loin encore.

Cet ouvrage a été composé
par PCA
et achevé d'imprimer en France
par CPI BRODARD & TAUPIN (72200 La Flèche)
pour le compte des Éditions Stock
21, rue du Montparnasse, 75006 Paris
en avril 2021

PAPIER À BASE DE
FIBRES CERTIFIÉES

Stock s'engage pour
l'environnement en réduisant
l'empreinte carbone de ses livres.
Celle de cet exemplaire est de
650 g éq. CO_2
Rendez-vous sur
www.editions-stock-durable.fr

Imprimé en France

Dépôt légal : mai 2021
N° d'édition : 01 - N° d'impression : 3043682
82-51-0028/9